心やさしくなるどうぶつのお話《はなし》
第《だい》1話《わ》
～前編《ぜんぺん》～
ヨウとわたしのパピーウォーカー日記《にっき》
盲導犬訓練《もうどうけんくんれん》センター委託式《いたくしき》の日《ひ》
それでは海香《うみか》さん
これから約《やく》一年間《ねんかん》
ヨウをよろしくね！
はいっ
がんばりますっ！

盲導犬《もうどうけん》の候補犬《こうほけん》（パピー）は生後《せいご》二か月《げつ》から一歳《さい》になるまでのあいだ
「パピーウォーカー」と呼《よ》ばれるボランティアの家庭《かてい》にあずけられて育《そだ》つ
家族《かぞく》みんなでヨウを育《そだ》てるぞ！
えいえいお～！
春《はる》——わたしの家族《かぞく》はパピーウォーカーになった
ヨウ ここがあなたのおうちだからね
海香《うみか》 ヨウをケージから出《だ》すときは「カム」って声《こえ》をかけてからよ
うん わかってる
それからヨウがトイレでおしっこやうんちをするときは「ワンツー」って言葉《ことば》をそえてあげるの
ワンツー？

ヨウにはトイレとワンツーのかけ声《ごえ》をセットでおぼえさせるんだ
それと何《なに》かするのをまたせるときに言《い》うのは「ウェイト」
それができると盲導犬《もうどうけん》のユーザーさんも安心《あんしん》だろ
そうだね！
ちゃんとできたら「グッド！」といっぱいほめてあげるんだぞ
うん！
ぎゅっ
わたし　しばらくヨウといっしょにリビングのソファで寝《ね》る！
はいはい
クーン……
クーン……
クーン……
ぱち…
…

むくっ
ヨウが鳴《な》いている！
トイレかな
まだ5時《じ》…
とととと
ヨウ
カム
ワンッー
ワンッー……
うろ
うろ
寒《さむ》っ……
ぶるっ…
ヨウ
おしっこじゃないの？
ワンッー
ワンッー……
うろうろ……
うろうろ……
くぅ……

パピーウォーカーか……
わたしにできるのかなぁ……
あったかい……
ぎゅ…
まだ子犬《こいぬ》だから
いろんな失敗《しっぱい》も
あるけど
ふん
ふん
ほらっ！
ヨウ
さくらの花《はな》って
きれいでしょ～

わっ!
ぱくっ
さくらの花《はな》は食《た》べものじゃないよ
も〜〜!!
たいへんなことだっていっぱいあるけれど
ワン
ワン
食事中《しょくじちゅう》は相手《あいて》しちゃダメよ
もく…
もく…
人《ひと》とくらす楽《たの》しさを知《し》ってもらう
た〜

グッド！グッド!!
なでなで
ヨウは少《すこ》しずつ少《すこ》しずつ
わたしたち家族《かぞく》の一員《いん》になっていった！
ヨウ ウェイト！
ピタ……
カム！
たっ
たっ
グッド！グッド!!
ヨウはかしこいな〜！三回目《かいめ》のワクチンの摂取《せっしゅ》も終《お》わったし
そろそろ本格的《ほんかくてき》にお散歩《さんぽ》デビューしてみるか
やった！

海香《うみか》 ワンツーを すませてからよ
はあい！
わあ！
もうどう犬パピー
ヨウ 似《に》あってるよ！
盲導犬《もうどうけん》のパピーには お散歩《さんぽ》も大切《たいせつ》な 学《まな》びの時間《じかん》なんだ
そう 電車《でんしゃ》や車《くるま》の音《おと》 人《ひと》ごみとか
社会生活《しゃかいせいかつ》を経験《けいけん》しながら 人間《にんげん》とくらしていく よろこびを知《し》ってもらうの
おっと！
ヨウ ウェイト！
ぐいっ
犬《いぬ》のペースじゃなくて 人間《にんげん》のペースで歩《ある》くことも おぼえてもらわなくちゃね
今日《きょう》は 近《ちか》くの公園《こうえん》まで 行《い》ってみようか
ヨウ しゅっぱーつ！
わんっ

第《だい》三回《かい》
パピーレクチャーの日《ひ》
ミーン
ミーン
盲導犬《もうどうけん》の訓練《くんれん》センターでは
月《つき》に一回《かい》程《てい》度《ど》
パピーウォーカーのための
パピーレクチャーが行《おこな》われる
パピーを育《そだ》てるために
いろいろ学《まな》ぶんだ
はい 今日《きょう》は パピーの歯《は》みがきや ブラッシングを してみます
ヨウ あ〜んして あ〜ん
パピーがイヤがったら 無理《むり》しないように お願《ねが》いしまーす
「イヤなことではない」と おぼえてもらうことが 大切《たいせつ》ですので
イヤ!

このパピーレクチャーでは
人《ひと》とパピーが信頼《しんらい》しあう方法《ほうほう》
パピーが社会《しゃかい》や家庭《かてい》の中《なか》で
くらしていくルールをおそわる
つぎはお散歩中《さんぽちゅう》の リードの左右《さゆう》持《も》ちかえを やってみます
まず止《と》まってから 来《き》てほしいほうの 太《ふと》ももをパンパンとたたき 体《からだ》のうしろで リードを持《も》ちかえて みてください
ぱんっ ぱんっ
ヨウ！
ぱんっ ぱんっ
やった！
じょうずにできたら いっぱいほめてあげて くださいね！

グッド！ グーッド!! ヨウすごーい！
別《べつ》の日《ひ》のパピーレクチャーでは 目《め》の不自由《ふじゆう》な人《ひと》の身《み》になって 障《しょう》がい物《ぶつ》や階段《かいだん》のこわさ 盲導犬《もうどうけん》のありがたさを学《まな》んだ
こ…… こわいっ!!
海《うみ》ちゃん もってみて
はい……
わあっ
安心感《あんしんかん》が ぜんぜんちがう！

生後《せいご》二か月《げつ》の犬《いぬ》は
人間《にんげん》の三～四歳《さい》くらい
犬《いぬ》の一歳《さい》は人間《にんげん》の
十八歳《さい》に相当《そうとう》する
ワンッー
ワンッー
9月
10
ウェイト!
11月
20
1月
15
パピーウォーカーは犬《いぬ》の
三歳《さい》から十八歳《さい》くらいまでの
大切《たいせつ》な時期《じき》の子育《こそだ》てをになう

わたしたちとパピーの
楽《たの》しい子育《こそだ》てタイムは
あっというまに
過《す》ぎていった……
パチ
ハッピバースデー
トゥーユー
ヨウ
たんじょう日《び》
おめでとう！
パチ
パチ
パチ
パチ

今日《きょう》でヨウも一歳《さい》
体重《たいじゅう》は二十七キログラム
元気《げんき》げんき!
ママ
ヨウのケーキ
ないの?
ダメよ
パピーは決《き》められたもの
以外《いがい》は食《た》べたら
いけないんだから
おやつも
ケーキもだめっ
そうだったね
そのかわりヨウへの
プレゼントは
この布《ぬの》のおもちゃよ
わん!
がじ
がじ
とうとう
一歳《さい》かぁ……

……
……そうだ
記念写真《きねんしゃしん》を撮《と》ろう！
うんっ！
よーし
いくぞ～
パパはやくー
あははっ
はい チ～ズ！
カシャッ
そんなある日《ひ》
山内《やまうち》さん郵便《ゆうびん》でーす
はーい
ご苦労《くろう》さま

続きは225ページへ

キミのことを、まもってあげたい❤
心《こころ》やさしくなる
どうぶつのお話《はなし》
チームDBT編
Gakken

心《こころ》やさしくなるどうぶつのお話《はなし》

もくじ

ずっと、トイプードルがほしかった彩乃《あやの》のもとにパパがつれてきたのは、ぜんぜんちがうワンコで……。

マンガ／森野眠子《もりのねむこ》 原作《げんさく》／チームDBT《ディービーティー》
取材協力《しゅざいきょうりょく》／岸本《きしもと》ともよ

小学五年生《しょうがくごねんせい》の姫香《ひめか》は、家《いえ》でうさぎを飼《か》いはじめた。"あんず"と名《な》づけ、かわいがろうとするが……。

マンガ／坂巻《さかまき》あきむ 原作《げんさく》／岡崎《おかざき》いずみ
取材協力《しゅざいきょうりょく》／水谷澄子《みずたにすみこ》

夏休《なつやす》み、おじさんの牧場《ぼくじょう》をたずねた蓮太《れんた》。あそびに来《き》たはずが、はたらかなくてはならなくなり……。

文《ぶん》／チームDBT《ディービーティー》 絵《え》／佐々木《ささき》メエ

和泉《いずみ》にぜんぜんなついてくれなかった飼《か》い猫《ねこ》のハル。しかし、ある日《ひ》、とつぜんまとわりついてきて……。

※この本《ほん》は日本全国《ぜんこく》の子《こ》どもたちや大人《おとな》に編《へん》集部《しゅうぶ》が取材《しゅざい》し、そこで得《え》た動物《どうぶつ》との出会《であ》いや別《わか》れなどのお話《はなし》を再構成《さいこうせい》したものです。よって、実際《じっさい》にあったお話《はなし》をベースとしていますが、本文中《ほんぶんちゅう》の人物名《じんぶつめい》や店名《てんめい》は実在《じつざい》の団体《だんたい》・人《じん》物《ぶつ》などとの関係《かんけい》はありません。

※ご自宅《じたく》のペットがまいごになってしまったり、おうちの近《ちか》くで見知《みし》らぬ犬《いぬ》や猫《ねこ》を保護《ほご》した場合《ばあい》は、お近《ちか》くの保健所《ほけんじょ》や動物愛護《どうぶつあいご》センターに届《とど》け出《で》る必要《ひつよう》があります。

※参考文献

『盲導犬の子犬と暮らした358日　新米「パピーウォーカー」日記』（KADOKAWA）、『最新版　愛犬の病気百科』（誠文堂新光社）、『はじめてのうさぎ　飼い方・育て方』（学研プラス）、『備えよう！　いつもいっしょにいたいから　ペット動物の災害対策』（環境省パンフレット）、『あなたもツバメ子育て応援団　子育て見守りハンドブック』（日本野鳥の会）

どうぶつ
ポエム
その1

はじめて目《め》があったとき
あたしはすぐにわかったよ
キミとあたしが出会《であ》ったのは
きっと運命《うんめい》だったんだって

たとえキミがけがして
元気《げんき》をなくしても
きっとだいじょうぶ
あたしは、そう信《しん》じてる
明《あか》るい未来《みらい》は
もうすぐそこ、だから

心《こころ》やさしくなる どうぶつのお話《はなし》
第《だい》2話《わ》
ラッキーが家族《かぞく》になる日《ひ》
じゃあね真子《まこ》 バイバイ!
うん 始業式《しぎょうしき》でね!
今日《きょう》で一学期《がっき》は終《お》わりです!
明日《あす》からの夏休《なつやす》みたのしみ!
キキキー
ん?

ブオオオ
車《くるま》……?
あっ!
猫《ねこ》が!!
よかった
まだ生《い》きてる
でも
どうしよう……

猫の飼い主募集！
のら猫を家族として
むかえてくれる人に
ゆずります
猫のボランティア 竹村
090−XXX−XXXX
ぱっ
そうだ！
……はい
竹村《たけむら》です
あっあの！
すみません
目《め》のまえで子猫《こねこ》が
車《くるま》にひかれて！
血《ち》だらけで!!
……落《お》ちついて
まず
あなたはだれ？
桜谷中学《さくらたにちゅうがく》一年《ねん》の
青山真子《あおやままこ》と
いいます
今《いま》どこにいるの？
み、緑山公園《みどりやまこうえん》の
まえにいます！

わかったわ　すぐにむかうから　猫《ねこ》のそばを　はなれないで
はいっ！
猫《ねこ》ちゃん　もうちょっとだから　がんばってね……
あなたが　真子《まこ》さん？
私《わたし》が　竹村《たけむら》です
はい　そうです
この子《こ》を　動物病院《どうぶつびょういん》に　つれていくから　先《さき》に行《い》くわね

あたしも
あとから
行《い》きます！
お願《ねが》い
助《たす》かって！
一時間後《じかんご》――
どうぶつ
クリニック
あの……
子猫《こねこ》は……？
手術《しゅじゅつ》をしたけど
あごの骨《ほね》が
半分《はんぶん》くだけてて……
えっ!?

でも命《いのち》は助《たす》かりそうよ
あんな大《おお》けがをして助《たす》かるなんて幸運《こううん》よね
よかった!
ほっ
しばらく入院《にゅういん》……ですか?
うん来週《らいしゅう》またお見舞《みま》いに行《い》くわ真子《まこ》ちゃんも来《く》る?
はい行《い》きます!

翌週《よくしゅう》──
先生《せんせい》 この子《こ》はいつごろ元気《げんき》に……
ワン ワン
しばらく入院《にゅういん》だね
ニャー
元気《げんき》になっても顔《かお》のきずと舌《した》が少《すこ》し口《くち》から出《で》る障《しょう》がいはのこるなぁ
ニャー
そうですか……
しゅん…
元気《げんき》になるならまずはそれでよかったと思《おも》いましょう!

真子《まこ》ちゃん この子猫《こねこ》 あなたが飼《か》う？
う…う…う…
そうしたいですけど…… あたしのマンション ペット禁止《きんし》で……
いいのよ 私《わたし》が新《あたら》しい飼《か》い主《ぬし》さんを見《み》つけるから
よかった！
何《なに》かお手伝《てつだ》いできることがあったら言《い》ってください

うれしいわ
じゃあ私《わたし》のやっているボランティア活動《かつどう》なんだけど……
よかったら少《すこ》し手伝《てつだ》ってもらえるかな？
はいっ！
竹村《たけむら》さん
あののら猫《ねこ》の耳《みみ》……
あの猫《ねこ》はねのら猫《ねこ》じゃなくて〝地域猫《ちいきねこ》〟って言《い》うの
ちいきねこ？
地域猫《ちいきねこ》は近所《きんじょ》の人《ひと》たちと私《わたし》みたいな猫《ねこ》のボランティアが協力《きょうりょく》して世話《せわ》をしている猫《ねこ》なの

耳《みみ》の先《さき》が切《き》れているのは子《こ》どもができないように手術《しゅじゅつ》したというしるしで
オスは右耳《みぎみみ》
メスは左耳《ひだりみみ》
麻酔《ますい》がかかった状態《じょうたい》でV字《ブイじ》にカットするの
メモ メモ
日本では捨《す》てられた猫《ねこ》や飼《か》い主《ぬし》のいない猫《ねこ》が
※一年《ねん》でやく十一万頭《まんとう》も殺処分《さつしょぶん》されているの
そんなにたくさんの猫《ねこ》が……
※平成《へいせい》二十六年《ねん》の環境省《かんきょうしょう》HP《ホームページ》より。

そうした不幸《ふこう》な猫《ねこ》がこれ以上《いじょう》ふえないように
オスは去勢《きょせい》メスは避妊《ひにん》の手術《しゅじゅつ》をする活動《かつどう》を
全国各地《ぜんこくかくち》でしているのよ
知《し》らなかった……
だから私《わたし》も自分自身《じぶんじしん》ができるはんいで
飼《か》い主《ぬし》のいない猫《ねこ》を見《み》つけたら手術《しゅじゅつ》したり保護《ほご》したり
ときには新《あたら》しい飼《か》い主《ぬし》をさがす活動《かつどう》をしているのよ
……すごい
真子《まこ》ちゃんも少《すこ》しだけお手伝《てつだ》いしてくれる？
あたしもがんばりますっ！

それからあたしのボランティア活動《かつどう》がはじまりました
そうだ 真子《まこ》ちゃん
このまえの子猫《こねこ》 今日《きょう》が退院日《たいいんび》よ
え!
よかった! これでラッキーにも 家族《かぞく》ができると いいな
ラッキー?
あっ あたし勝手《かって》に “幸運《ラッキー》”だと思《おも》って そう呼《よ》んでて……
すてき! あの子猫《こねこ》の 呼《よ》び名《な》を つけなきゃって 思《おも》ってたの それで決《き》まりね
え、うそ! やった!!
真子《まこ》ちゃん ラッキーに 会《あ》いに行《い》こう!
はい!
ニャー

ラッキー これから どうなるんですか？
このままじゃ 飼《か》い主《ぬし》さんも 見《み》つからないから
まず私《わたし》が 世話《せわ》をするわ
竹村《たけむら》さんが？
人《ひと》になれるように なるまで 私《わたし》の家《いえ》で しばらく過《す》ごすの
……
口《くち》がうまく とじられないから 毎日口《まいにちくち》を そうじしてあげないと
でも だいじょうぶ
きっと私《わたし》が なんとか するから！
竹村《たけむら》さん カッコイイ！

※保健所《ほけんじょ》や動物愛護団体《どうぶつあいごだんたい》などが主催《しゅさい》する、猫《ねこ》などの飼《か》い主《ぬし》をさがすイベント。

猫《ねこ》の……
譲渡会《じょうとかい》ですか？
わかりました
あたしも
行《い》きますっ！
ついに
ラッキーが!!
ざわ
ざわ
真子《まこ》ちゃん
来《き》てくれて
ありがとう
いいえっ！

ラッキー
いよいよね
すてきな家族《かぞく》が
見《み》つかるといい……
ね！
ニャー

この猫《ねこ》は?
どうかな?
あ
ラッキーに……
ドキ
ドキ
あっちの猫《ねこ》が
いいよー
しゅん…
みんな
通《とお》りすぎていく……

ほかの猫《ねこ》は※里親《さとおや》が決《き》まっていくのに……
見《み》ためが悪《わる》い猫《ねこ》はダメなのかな
※ここでは飼《か》い主《ぬし》のいない猫《ねこ》などを引《ひ》きとって飼《か》ってくれる人《ひと》のこと。
ラッキーは性格《せいかく》がいいからだいじょうぶ
かならずよい里親《さとおや》さんが見《み》つかるわよ
ぐっ
ぐっ
そうですよねぜったいに見《み》つかりますよね！
あらぁかわいい猫《ねこ》ちゃんね

うん？この猫《ねこ》は口《くち》が悪《わる》いのですか？
あっ　はい　けがであごの骨《ほね》が半分《はんぶん》なくて……
だから毎日《まいにち》口《くち》のおそうじをしてあげないとだめなんです
おやおや……
そうですか　私《わたし》どもは昔《むかし》からのら猫《ねこ》を拾《ひろ》って飼《か》っていたんですよ
それが去年《きょねん》死《し》んでしまいましてね……
やさしそうなおじいさんとおばさんだわ
こんな人《ひと》たちの家族《かぞく》になれたらラッキーもきっとしあわせに……

あの……
よろしければラッキーの里親《さとおや》になってもらえませんか？
すごい竹村《たけむら》さん！
ドキドキ
うーん……
どうしましょうか
お願《ねが》い！
ドキドキ

※このあと、猫《ねこ》と人《ひと》が家族《かぞく》になるために、さまざまな確認《かくにん》・手続《てつづ》きが必要《ひつよう》になることがあります。

ありがとうございます！ラッキーをどうぞよろしくお願《ねが》いします！
こちらこそ
一か月後《げつご》――
こんにちは
あらいらっしゃい
ラッキー元気《げんき》にしてますか？

ほれ あそこで 寝《ね》てますわ
わあ しあわせそう！
ラッキー!!

ニャー
ほれラッキー ごあいさつだよ
ラッキー 家族《かぞく》ができて よかったね！
ウニャー

うん
いい顔《かお》してる
ラッキーに出会《であ》ってたくさんのことを知《し》りました
しあわせな猫《ねこ》がふえるように
これからもボランティアのお手伝《てつだ》いを続《つづ》けていこうと思《おも》います!

心《こころ》やさしくなるどうぶつのお話《はなし》

第《だい》3話《わ》 ほしくなかったベル

#1 ぜんぜんかわいくない!

パパの転勤《てんきん》が、とつぜん決《き》まった。

わたしは、友《とも》だちがたくさんいるこの町《まち》をはなれるのが、本当《ほんとう》にイヤだった。

「パパのせいで、こんなかなしい思《おも》いをするんだ」って、パパをムシしたりもした。

パパは、**「家族《かぞく》がはなれて住《す》むわけにはいかないだろ?」**って。そんなこと、わかってる。でも、引《ひ》っ越《こ》しなんてイヤ! イヤなものはイヤ!!

わたしがずっと泣《な》いていたら、パパがこう言《い》った。

「わかった。こうかん条件《じょうけん》ってわけじゃないけど、今度《こんど》引《ひ》っ越《こ》す家《いえ》は、一軒家《いっけんや》なんだ。彩乃《あやの》、犬《いぬ》が飼《か》いたいって言《い》ってただろ？　飼《か》おうよ。プードルだっけ？」

「パパ、本当《ほんとう》に!?　トイプードルだよ！　白《しろ》のトイプードル!!」

「やっと笑《わら》ってくれたな。わかった、トイプードルだな。約束《やくそく》する。だから彩乃《あやの》、パパといっしょに行《い》ってくれるよな？」

「う……うん。でも、約束《やくそく》だよ？　ぜったいだよ？」

ちょっと調子《ちょうし》がいいかな、って思《おも》ったけど、新《あたら》しい家《いえ》でワンコが飼《か》えるって聞《き》いて、わたしの気《き》もちは一気《いっき》に明《あか》るくなった。

わたしは、ずっとワンコがほしかったんだけど、今《いま》の家《いえ》は、ペット禁止《きんし》のマンションだったから、すっかりあきらめていた。

友《とも》だちと別《わか》れるのはホントにホントにかなしいけれど、トイプードルが飼《か》える！

トイプードルなら、ぜったい**〝雪《ゆき》みたいな白《しろ》〟**って、ずっと心《こころ》に決《き》めてあったしね♪

★☆★☆★☆★☆

——引《ひ》っ越《こ》してから二か月《げつ》。わたしは新《あたら》しい学校《がっこう》にもすぐなれたし、友《とも》だちもすぐにたくさんできた。でも、まだ約束《やくそく》のトイプードルは買《か》ってもらっていない。

週末《しゅうまつ》になるたびに、パパに「ペットショップに行《い》こうよ！」って言《い》っていたんだけど、パパは仕事《しごと》がいそがしくて、なかなかいっしょに出《で》かけられなかった。

「ねえママ、こんなの約束《やくそく》いはんだよ！　いつになったら買《か》ってくれるのっ!!」

「もう少《すこ》しでパパのお仕事《しごと》も落《お》ちつくから、まっていてあげて。彩乃《あやの》だって転校《てんこう》したばかりでバタバタしていたから、ワンちゃんが来《き》てもお世話《せわ》できなかったんじゃない？」

「それはそうだけどぉ……」

わたしがママにグチっていたら、めずらしくパパが早《はや》く帰《かえ》ってきて、玄関《げんかん》で**「彩《あや》乃《の》ぉー、彩乃《あやの》ぉー！　早《はや》く来《き》てごらん。ほらっ、早《はや》く!!」**って大《おお》さわぎ。

わたしが玄関《げんかん》に行《い》くと、パパはニコニコしながら、かかえていたキャリーケースを手《て》わたしてくれた。

「おそくなったけど、ハイ、約束《やくそく》」

「えーっ!? パパ! あ、ありがとうっ!!」

わたしのワンコが来《き》た!! うれしくて、胸《むね》がドキドキして、もうわけがわかんなくなりながら、あわててキャリーケースのふたをあけた。

(……………えっ!?)

キャリーの中《なか》にいたワンコを見《み》て、わたしの頭《あたま》はまっ白《しろ》になった。

(パグ……!?)

キャリーからトコトコと出《で》てきたのは、**トイプードル、じゃなくて、変《へん》な顔《かお》のパグ。**

それに、体《からだ》は茶色《ちゃいろ》で、小《ちい》さいものの、とても子犬《こいぬ》には見《み》えなかった。

まっ黒《くろ》な、ぬれているみたいな大《おお》きな目《め》でわたしを見《み》ていた。

「名前《なまえ》はベルっていうんだ。だいたい五歳《さい》のオス。人間《にんげん》でいったらもう大人《おとな》だから、

彩乃《あやの》のお兄《にい》さんだな。ははは」

パパはわたしの様子《ようす》なんか気《き》にもせず、ニコニコうれしそうに言《い》った。

「……彩乃《あやの》？　どうしたの？」

わたしの様子《ようす》に気《き》がついたのはママだった。わたしは、いつのまにか泣《な》いていた。

「パパのうそつき!!　わたし、トイプードルって言《い》ったじゃない！」

「犬《いぬ》の種類《しゅるい》なんてどうでも……」

「それに子犬《こいぬ》じゃないよ！　もう大《おお》きいし!!　どうして勝手《かって》に買《か》ってきちゃうの!?

なんで名前《なまえ》も決《き》まってるの!?　なんか……なんか……この子《こ》、
ぜんぜんかわいくない!!」

「彩乃《あやの》っ！」

とつぜん、パパが大声《おおごえ》でどなった。

「彩乃《あやの》……ちょっと落《お》ちついて。部屋《へや》で話《はな》そう」

わたしは、パパとリビングに行《い》った。

あとからきたママは、ベルをキャリーケースから出《だ》して、だっこしていた。

ベルは一度《ど》もほえずに、おとなしくしていた。

「……ベルはな、ペットショップで買《か》ったんじゃないんだ」

パパが、わたしにしずかに言《い》った。いつもと変《か》わらない、やさしいパパ。

「えっ？」

「パパの知《し》り合《あ》いが亡《な》くなって、いっしょにくらしていたベルはひとりぼっちになっていたんだよ。そのままだと、ベルは殺処分《さつしょぶん》されてしまうかもしれない。彩乃《あやの》なら、きっとベルをかわいがってくれる。そう思《おも》って、パパが引《ひ》きとってきたんだよ」

パパは、わたしの頭《あたま》をポンポンってしながら言《い》った。ベルが、かわいそうな子《こ》だっていうのはわかる。でも、わたしが楽《たの》しみにしていたのは、こんなんじゃない。

白《しろ》くてちっちゃいトイプードルに、**「スノー」**って名前《なまえ》をつけるって決《き》めてたのに。

その夢《ゆめ》がかなうっていうから、転校《てんこう》だってがまんしたのに……。

「彩乃《あやの》、ベルをだっこしてごらん」

ママが、ベルをわたしにさしだした。

わたしがぶすっとしたまま、だまっていると、**「ほら。パグってブサイクって言《い》われるけど、よく見《み》るとあいきょうがあって、かわいいじゃない♥」**ってママが言《い》った。

しかたなくうでをのばすと、ベルはわたしの手《て》をひっかいて、部屋《へや》のすみっこまで走《はし》って逃《に》げてしまった。

部屋《へや》のすみで、両足《りょうあし》でふんばって、ぶるぶるふるえながらこっちを見《み》ている。泣《な》きそうな大《おお》きい目《め》で……。わたしは、ますますかなしくなった。

「ベルだって、わたしがきらいじゃない！　もういいっ!!」

自分《じぶん》の部屋《へや》にもどって、カギをかけて、ベッドにつっぷした。なみだがあとからあとからあふれてきて、止《と》まらなかった。

――翌朝《よくあさ》、リビングに行《い》くと、ケージの中《なか》でベルがまるまって寝《ね》ていた。

「はじめての場所《ばしょ》で、夜《よる》はねむれなかったみたい。明《あか》るくなってから、やっと寝《ね》たのよ」

ママがごはんのしたくをしながら言《い》った。パパはもう仕事《しごと》に出《で》かけていた。

ママがケージの横《よこ》にすわって、わたしを呼《よ》んだ。

わたしとママは、ケージの横《よこ》にすわって、クークーねむるベルを見《み》ていた。ときどきピクっとするベル。けいかいしながら寝《ね》ているのかなって、ちょっと思《おも》った。

「ホントはね、ベルは動物愛護《どうぶつあいご》センターに引《ひ》きとられる予定《よてい》だったの。ベルをくれた人《ひと》は、**『おじょうさんがほしいのは、キレイでかわいい子犬《こいぬ》なんじゃないですか？　この犬《いぬ》はもう成犬《せいけん》で、病気《びょうき》だってあるかもしれませんよ』**って」

わたしが思《おも》っていたそのままのことを言《い》われて、ちょっとはずかしい気《き》がした。

「でも、パパは、**『うちの娘《むすめ》は、どんな犬《いぬ》でもかわいがります』**って」

ママは思《おも》い出《だ》して、くすくす笑《わら》った。

わたしは、ベルをくれた人《ひと》が心配《しんぱい》したとおりの、わがままな子《こ》だ。白《しろ》の、ぬいぐるみみたいなちっちゃな子犬《こいぬ》がよかった。わたしが自分《じぶん》でお店《みせ》でえらびたかった。わがままだと思《おも》うけど、でも、それがずっとわたしの夢《ゆめ》だったから……。

「じゃあパパ、きっとがっかりしたね」

「そんなことないわよ。彩乃《あやの》もベルも急《きゅう》には無理《むり》でも、おたがいちょっとずつ近《ちか》づいていけばいいんじゃないかな？　こんなふうに……」

ママは、ねむっているベルの頭《あたま》をそっとなでた。

わたしもまねしてさわってみた。そうっと。指《ゆび》さきだけで。

すると、ベルはとつぜん目《め》をあけて、わたしをじっと見《み》た。

また逃《に》げられるかと思《おも》ったけど、ベルはそのまま寝《ね》てしまった……。

#2 ベル……どうしたの!?

ベルがうちに来《き》てから、なん週間《しゅうかん》か過《す》ぎた。

ベルはパパとママにはすぐになついたけど、**わたしとの関係《かんけい》はビミョーなまま。でも、ソファでベルをだっこしているママのとなりにすわってても、ベルは逃《に》げなくなった。**

ときどき、わたしもその気《き》になったら、ベルをなでてみる。すると、ベルはジーッとわたしを見《み》る。おたがいになかよくしたいけど素直《すなお》になれない――考《かんが》えていることは、わたしと同《おな》じなのかな、なんて思《おも》ったりした……。

そんなある日《ひ》のことだった。学校《がっこう》の下校中《げこうちゅう》に友《とも》だちとしゃべりながら歩《ある》いていたら、ママからケータイに電話《でんわ》がかかってきた。

「彩乃《あやの》？　今《いま》どこ？」

「まだ学校《がっこう》から帰《かえ》ってるとちゅう。どうしたの？」

「すごい雨《あめ》で、ママの乗《の》る電車《でんしゃ》がおくれて帰《かえ》れないのよ。急《いそ》いで家《いえ》に帰《かえ》ってくれない？ママ、おそくなると思《おも》わなかったから電気《でんき》をつけてきてないの。もう暗《くら》くなっちゃう」

ベルは家《いえ》になれたけど、暗《くら》いところがこわいみたいで、まっ暗《くら》になるとずーっと鳴《な》いている。だから、ママは帰《かえ》りがおそくなりそうなときには、リビングの電気《でんき》をつけたまま出《で》かけることにしていた。

「かみなりもすごいの。きっとベル、こわがってると思《おも》う。お願《ねが》いできる？」

「わかった！　すぐ帰《かえ》る」

パパもママも、わたしとベルの関係《かんけい》については、なんとなくえんりょしているみたいで、わたしに無理《むり》にベルの世話《せわ》をさせたり、かわいがらせたりしなかった。

だから、わたしがすぐに帰《かえ》るって言《い》ったから、ママはちょっとびっくりしたみたい。

そのとき頭《あたま》にうかんだのは、ひとりぼっちで、まっくらな部屋《へや》のすみっこで、ベルがふるえているすがた。はじめてわたしの家《いえ》に来《き》た、あの日《ひ》みたいに……。

わたしは地下鉄《ちかてつ》をおりると、家《いえ》までの道《みち》を猛《もう》ダッシュで走《はし》った。

カサをさしていても、ぜんぜん意味《いみ》がないくらいのどしゃぶりで、体中《からだじゅう》びしょぬれになったけど、とにかく走《はし》った。

「ベル!! ただいま! ごめんね!!」

ドアをあけて、あわてて電気《でんき》をつけた。あっ、そういえばわたし、はじめてベルに「ただいま」って言《い》った。

ベルは予想通《よそうどお》り、部屋《へや》のすみっこで、ぶるぶるとふるえていた。

わたしはベルから少《すこ》しはなれたところにそっとしゃがんで、**「もうだいじょうぶだよ。もうすぐママも帰《かえ》ってくるよ」**って、やさしく話《はな》しかけた。

そのとき、こっちにむかって、ベルがトコトコと歩《ある》いてきた。

わたしはびっくりして、かたまったまま動《うご》けなくなった。ベルが近《ちか》づいてくるなんて、今《いま》までなかったことだから。

ベルは一回立《かいた》ちどまって、わたしの顔《かお》をじっと見《み》てから、そのままゆっくり近《ちか》づいてきて、わたしのヒザに前足《まえあし》をちょん、とのっけてきた。

わたしは、自然《しぜん》にベルをだっこしていた。

ベルは、もうふるえていなかった。それどころか、わたしの顔《かお》をあまえたようにペロペロとなめてきた。わたしはびっくりしたのと、うれしいのとで、もうどうしていいかわかんなくて、とにかくベルをぎゅーっとだきしめた。

「あ、ごめんね、わたしびしょびしょだね？　ベルまでぬれちゃったね」

さっきまでベルがふるえていたリビングのすみっこに、タオルみたいなのが落《お》ちていたから、それでベルをふこうとして拾《ひろ》った。

それはタオルじゃなくて、わたしのパジャマだった。出《で》かけるまえにぬぎっぱなしにしていったはず。

ベルがかんだのか、しわしわでしめっていたけど、わたしのパジャマだった。

「ベル……わたしのパジャマと、いっしょにまってたの？」

なみだがポロポロ出《で》てきて、止《と》まらなかった。

（ベルはわたしのにおいのするパジャマを持《も》ってきて、こわいのをがまんしてたの？）

「ごめんね、今《いま》まで意地《いじ》はってごめんね」

そのとき、やっと自分《じぶん》の気《き》もちに素直《すなお》になれた。

わたしもベルをだっこしたかった。お散歩《さんぽ》に行《い》きたかった。

すれちがうワンコのお洋服《ようふく》を見《み》て、**「ベルに似《に》あいそう」**なんて思《おも》ってた。

でも、さいしょにわたしがひどいこと言《い》ったから、ベルにきらわれたって思《おも》ってたよ。

そのあと、おくれて帰《かえ》ってきたママは、泣《な》きながらベルをだっこしているわたしと、よろこんでしっぽをふっているベルを見《み》て、うれしそうになみだぐんでいた。

その日《ひ》から、わたしとベルは、ずっとまえからなかよしだったような関係《かんけい》になった。

玄関《げんかん》のドアをあけるまえから、家《いえ》の中《なか》からベルが、**「おかえり」**ってワンワン言《い》ってる声《こえ》が聞《き》こえる。

「どうしてベルには彩乃《あやの》が帰《かえ》ってくるってわかるのかしら？　ふしぎよね」ってママは言《い》ってる。

そして、パパがベルをもらってきたときの書類《しょるい》を見《み》ているとき、大発見《だいはっけん》があった。

「彩乃《あやの》、これを見《み》てごらん！」

そこには、ベルのたんじょう日《び》が書《か》いてあった。

「三月七日《がつなのか》……!?」

「びっくりしただろ？　ベルと彩乃《あやの》が、まさか同《おな》じたんじょう日《び》だったなんてなあ」

パパがわたしとベルの頭《あたま》をいっしょにポンポンしながら言《い》った。

なーんだ、ベルはもともとわたしの家族《かぞく》になる**〝運命《うんめい》のワンコ〟**だったんだね。ちょっとまわり道《みち》しちゃったけど、なかよくなるのも運命《うんめい》だったんだよ。

リビングでうたた寝《ね》していると、ひょっこりそばにきて、わたしをあたためてくれる。
学校《がっこう》でいやなことがあって、落《お》ちこんだときも、ベルはわたしが何《なに》も言《い》わないのに、ずっとだまってそばにいてくれる。
わたしとベルは、それからずっとなかよしで過《す》ごした。

そんなある日《ひ》のことだった。学校《がっこう》から家《いえ》に帰《かえ》ると、リビングでママがベルをだっこしながら、オロオロした様子《ようす》で泣《な》いていた。

「ママ、どうしたの!?　ベルに何《なに》かあったの？」

「さっきね、ベルがおしっこをしたら血《ち》がまじってたの。それからなんだか、ずっと痛《いた》そうにしてて、ベルが落《お》ちつかないのよ」

「えっ!?　ぴよ、病院《びょういん》につれていかなきゃ！」

わたしとママは、ベルをキャリーケースに入《い》れて、すぐに動物病院《どうぶつびょういん》にむかった。

病院《びょういん》にむかう車《くるま》の中《なか》で、わたしはベルと過《す》ごしていた時間《じかん》を思《おも》い出《だ》していた。

そういえばだっこをしているとき、おなかをさわると、妙《みょう》にふくらんでいたっけ……。

そういえばおしっこの回数《かいすう》は多《おお》かったのに、一回《かい》の量《りょう》は少《すく》なかったっけ……。

そういえば、そういえば……いろんなことが思《おも》い出《だ》されて、なみだが止《と》まらない。

「ごめんね、ベル。具合《ぐあい》が悪《わる》いのに気《き》づいてあげられなくて……」

「彩乃《あやの》、自分《じぶん》をせめないで。しかたないわよ。犬《いぬ》を飼《か》うの、はじめてなんだもの。大《おお》きな病気《びょうき》じゃなければいいんだけど……」

動物病院《どうぶつびょういん》に着《つ》くと、獣医師《じゅういし》の先生《せんせい》はすぐにベルを診察《しんさつ》してくれた。

わたしは先生《せんせい》にベルに出《で》た症状《しょうじょう》や、気《き》づいたことをいっしょうけんめい説明《せつめい》した。

すると、先生《せんせい》は、頭《あたま》をやさしくなでて、こう言《い》ってくれた。

「ありがとう、おじょうちゃん。それだけ教《おし》えてもらえば、診察《しんさつ》も早《はや》いよ。きっとベルくんは尿路結石《にょうろけっせき》だね。オスのワンちゃんが、なりやすい病気《びょうき》のひとつなんだ。でも念《ねん》のために、レントゲンと尿検査《にょうけんさ》もしようね」

先生《せんせい》はそう言《い》ってレントゲンを撮《と》ると、その写真《しゃしん》を見《み》ながらていねいにベルの病気《びょうき》を説明《せつめい》してくれた。

「うん、やっぱり尿路結石《にょうろけっせき》だね。おしっこの中《なか》でシュウ酸《さん》という成分《せいぶん》と、カルシウムが結合《けつごう》すると、石《いし》のようなものができるんです。ほら、ここが膀胱《ぼうこう》で、これが結石《けっせき》」

レントゲン写真《しゃしん》を見《み》ると、おしっこがたまる膀胱《ぼうこう》のあたりに、小《ちい》さな結石《けっせき》がいくつも、ギュウギュウにつまっているのがわかった。

「痛《いた》そう……」

ママが、そうつぶやいて顔《かお》をしかめた。

「結石《けっせき》の種類《しゅるい》によっては薬《くすり》だけの治療《ちりょう》でも治《なお》せるのですが、ベルくんの結石《けっせき》は、尿検査《にょうけんさ》の結果《けっか》を見《み》ると、薬《くすり》ではとかせないタイプの石《いし》のようです。手術《しゅじゅつ》で、取《と》りだしましょう」

「手術《しゅじゅつ》……!!」

わたしはそう聞《き》いて、思《おも》わず体《からだ》がこわばった。

「だいじょうぶ。結石《けっせき》を取《と》りだせば、またすぐに元気《げんき》になるからね」

「手術《しゅじゅつ》って……どんなことをするんですか?」

「まず、尿道《にょうどう》カテーテルという細《ほそ》い管《くだ》をオチンチンの先《さき》から入《い》れて、生理食塩水《せいりしょくえんすい》を流《なが》します。そうすることで、一度《ど》オチンチンのほうまで出《で》てきた結石《けっせき》を、ぜんぶ膀胱《ぼうこう》の中《なか》に押《お》しもどすのです。それから膀胱《ぼうこう》をひらいて、結石《けっせき》を取《と》りだし、ひらいたところをとじればおしまい。そのあと三日《みっか》ほど入院《にゅういん》したら退院《たいいん》だね」

わたしは、ママと顔《かお》を見《み》あわせて、ホッと胸《むね》をなでおろした。

「それでは先生《せんせい》、どうかよろしくお願《ねが》いいたします」

わたしはママの声《こえ》にあわせて、深々《ふかぶか》と先生《せんせい》におじぎした。

★☆★☆★☆★☆

——退院《たいいん》の日《ひ》、ベルがきず口《ぐち》をなめないように、首《くび》のまわりにエリザベスカラー※をまいてもらった。ちょっとストレスだろうけど、しばらくがまんしてね。

「手術後《しゅじゅつご》の経過《けいか》も良好《りょうこう》です。でも尿路結石《にょうろけっせき》は一回《かい》治《なお》っても、再発《さいはつ》の可能性《かのうせい》があります。トイレはつねに清《せい》けつにして、新鮮《しんせん》なお水《みず》をあげて、おしっこに気《き》をつけながら様子《ようす》を見《み》てください。定期的《ていきてき》に尿検査《にょうけんさ》もしましょうね。ではベルくん、元気《げんき》でね」

「ありがとうございました！」

ベルは家《いえ》に帰《かえ》ってくると、まだきず口《ぐち》が痛《いた》むのか、あまり動《うご》こうとはしなかったけれど、しっぽをぶんぶんふって、わたしにいっぱいあまえてきた。

「ごめんね、ベル。今度《こんど》からわたしも気《き》をつけて見《み》ているからね」

わたしは、ベルが入院《にゅういん》しているあいだ、犬《いぬ》と病気《びょうき》に関《かん》する本《ほん》をなん冊《さつ》も買《か》ってきて、むさぼりよんだ。

※動物《どうぶつ》が手術《しゅじゅつ》やけがで負《お》ったきず口《ぐち》をなめたり、治療中《ちりょうちゅう》にかみついたりするのを防《ふせ》ぐためのもの。

飲《の》む水《みず》や食《た》べるごはんの量《りょう》、おしっこやうんちの回数《かいすう》やにおい。ねむっているときやお散歩《さんぽ》しているときの様子《ようす》。**ワンちゃんをしっかり見《み》ていれば、何《なに》か異常《いじょう》があったときに、すぐに気《き》づいてあげられるはず。**

今度《こんど》こそベルの病気《びょうき》を見《み》おとさないように、わたしはベルをただかわいがるだけでなく、いろんなことに気《き》をつけながらお世話《せわ》しようとちかった。

さいしょは**「こんな子《こ》かわいくない！」**なんて言《い》っちゃってたけど、今《いま》ではベルでよかったって心《こころ》から思《おも》う。わたしの、かけがえのない家族《かぞく》。

ベルには、ずっとずっと元気《げんき》で長《なが》生《い》きしてもらいたい。ベルのおかげで、わたしもひとつ大人《おとな》に成長《せいちょう》できたように思《おも》う。

ベル、うちに来《き》てくれてありがとう。ずっと、そばにいてね。

B

どうぶつ
ポエム
その2

そんなひとみで見《み》つめても
お散歩《さんぽ》には行《い》かないよ
キュンキュン鳴《な》いてせがんでも
ごはんはまだあげないよ

だから、ダメって言《い》ってるじゃん
もうちょっとだけまってて

©iStockphoto/fongleon356

……でも、けっきょく
キミの言《い》いなりに
なっちゃう、わたし

キミは、世界《せかい》で
いちばんわがままで
かわいい天使《てんし》だよ

心《こころ》やさしくなるどうぶつのお話《はなし》
第《だい》4話《わ》
あんずの気《き》もちが知《し》りたくて……
ふわ
わぁ
かっわい～♡
わたし
藤森姫香《ふじもりひめか》
小学五年生《しょうがくごねんせい》
今日《きょう》はず～っと
ほしかったうさぎを
パパとママと
いっしょに
見《み》にきたの!

いらっしゃいませ
うさぎっていろんな種類《しゅるい》がいるのね～
さわがない!
きゃー わく わく
あっ
ガシャーン
わたしっ
この子《こ》がいい!!
お客《きゃく》さま
どきっ

うさぎがこわがるからケージにはふれないでね
あと大《おお》きな音《おと》もうさぎは苦手《にがて》なんだ
ごめんなさい
うさぎを飼《か》うのははじめて?
はい……
うさぎはとてもデリケートなどうぶつなの
飼《か》い主《ぬし》がきちんとお世話《せわ》をすれば長生《ながい》きします
でも
お世話《せわ》をなまけたり気《き》もちをわかろうとしなければ
うさぎも心《こころ》をひらいてくれないし病気《びょうき》になることもあるの
本当《ほんとう》にだいじにするって約束《やくそく》してくれる?
うん!がんばるっ
かぞくでめんどうみますので
それじゃああのうさぎをお願《ねが》いします

ありがとうございました
RABBIT SHOP
やったあああ
今日《きょう》からわたしの妹《いもうと》だよ
なかよくしようね
キャリーゆらさないの
はーい♪
……

ごはん
オッケー
牧草《ぼくそう》
オッケー
トイレも
オッケー！
できたー
トイレ
すのこ
ベッド
水飲《みずの》み
温湿度計《おんしつどけい》
フード入《い》れ
牧草入《ぼくそうい》れ
ここが
新《あたら》しい
おうちだよ！

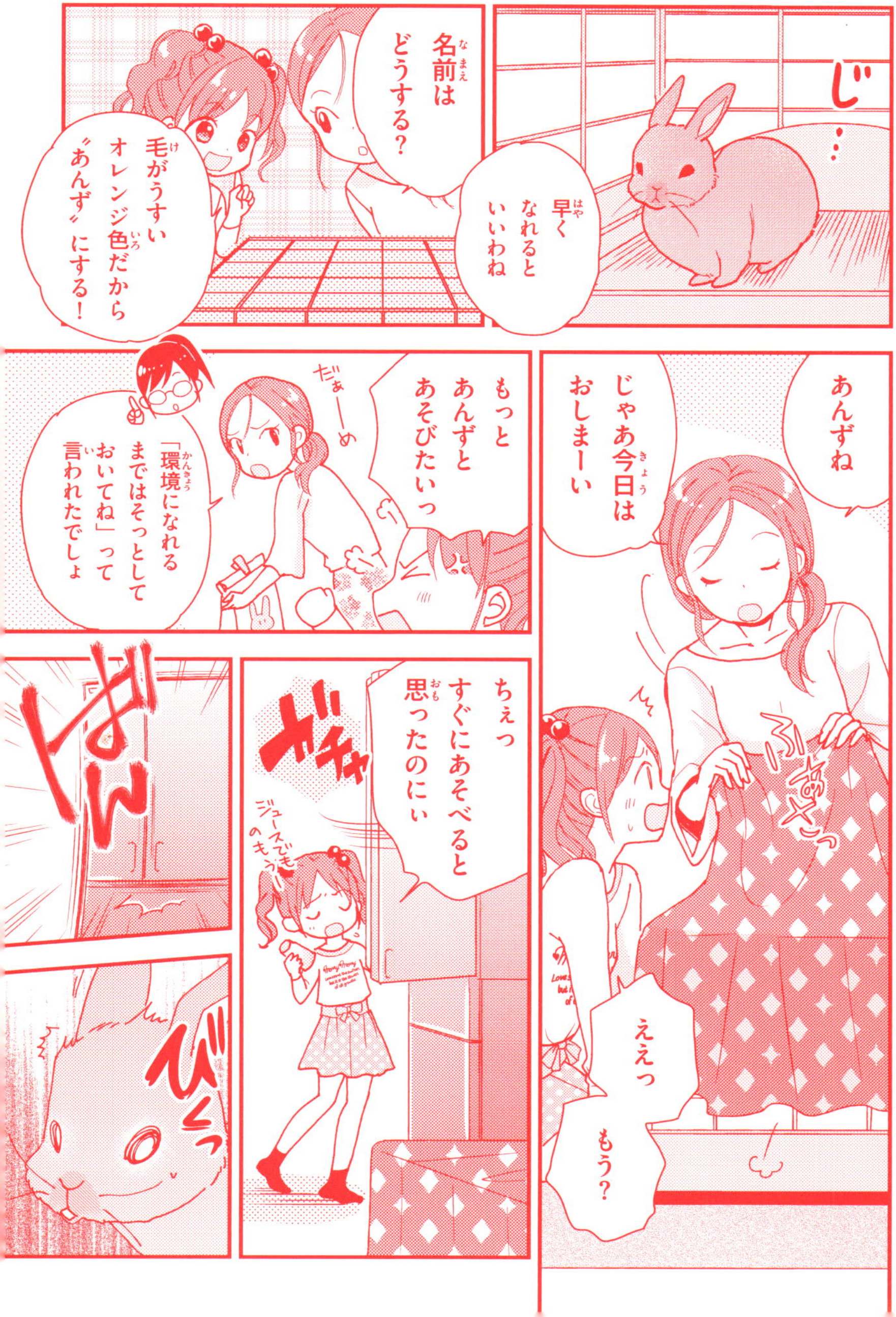
じ…
早《はや》くなれるといいわね
名前《なまえ》はどうする？
毛《け》がうすいオレンジ色《いろ》だから“あんず”にする！
あんずね
じゃあ今日《きょう》はおしまーい
もっとあんずとあそびたいっ
だぁーーめ
「環境《かんきょう》になれるまではそっとしておいてね」って言《い》われたでしょ
ふぁさっ
ええっもう？
ちぇっすぐにあそべると思《おも》ったのにぃ
ガチャ
ジュースでものもう
ばんっ
びくっ

——数日後《すうじつご》
元気《げんき》?
あそぼうよ♪
……
ねー
ダンッ
あんず
わっ
びくっ
今《いま》の何《なに》!?
たぶんおこってるのよ
はじめてのうさぎ

うさぎはおこってるときうしろ足《あし》をそうやって鳴《な》らしていかくするんですって
えー
何《なに》が不満《ふまん》なの？
ブーブー
ピリピリ
何《なに》よぉ
——一週間《しゅうかん》後《ご》
もうケージから出《だ》してもいいよね♪
さあ
あんずー
出《で》ておいで～

ぴく
ぴく
わ
出《で》てきた
ぴょこっ
きゃあああああ
ぷりぷり
コロン
コロッ
だめ!
それかじっちゃだめええ
姫香《ひめか》!
あんずがかじりそうなもの しまって!
ぴょん
ぴょん
ガジガジ
つかまえて〜
わあ
そっちいった〜
わぎゃ〜
もう!
うさぎってぜんぜんなつかないじゃんっ

あ　もう　こんな時間《じかん》
姫香《ひめか》ー　あんずにえさ　あげてよ
はーぃ
今《いま》いいとこ　なのにぃ
あんずー
ごはん　だよー
あれ
ごはんも牧草《ぼくそう》も　お水《みず》も　へってない……
じゃあ　まだ　いいか……
………
お水《みず》も　かえておいて　あげてね
ママ
テレビみよー
かえた　かえた　（ウソ）

そして月《つき》に一度《ど》の※つめ切《き》りの日《ひ》
※室内飼《しつないが》いのうさぎは、けが防止《ぼうし》のためにつめがのびたら切《き》ります。
RABBIT SHOP
RABBIT SHOP
こんにちはー
こんにちは あんずちゃん
おうちには なれたかな?
ふしゅ
!!
あんずちゃん しっかりごはん 食《た》べてますか?
お水《みず》は?
あの
それが…… さいきんあまり へってなくて

念《ねん》のため
獣医師《じゅういし》さんのところにつれていきましょう
ドキーン
え!!
どうぶつびょういん
※スナッフルの症状《しょうじょう》ですね
体《からだ》が弱《よわ》っているので
できるだけストレスをあたえないようにしてください
※うさぎの鼻炎《びえん》のこと。
元気《げんき》そうに見《み》えたのに
姫香《ひめか》ちゃん

うさぎなどの
草食動物《そうしょくどうぶつ》は
敵《てき》から身《み》をまもる
ために
具合《ぐあい》が悪《わる》くても
それをかくそう
とするの
元気《げんき》そうに
見《み》えても
食事《しょくじ》の量《りょう》や
うんちや
おしっこをして
いるかどうか
飼《か》い主《ぬし》さんが
ちゃんと
観察《かんさつ》して
気《き》づいてあげる
必要《ひつよう》があるのよ
わたし
あんずと
あそぶこと
ばかり考《かんが》えて
ドキン
ドキン
ドキン
あんずのこと
何《なに》も気《き》づいて
あげられなかった
こんな病気《びょうき》に
なるまで!!

なんてことをしちゃったの!?
うぐ…
わたしが悪《わる》いの
ちゃんとお世話《せわ》しなかったから
あんずはわたしが近《ちか》づくといやそうで……
わああっ…
うちの子《こ》になりたくないんだって――っ
ひっく
えぐっ
えぐ
ひくっ
ぽん
ぽん
えぐ
あんずちゃんはもう姫香《ひめか》ちゃんの家族《かぞく》でしょ?
今《いま》からでもまにあう

もう一度《ど》あんずちゃんの気《き》もちに耳《みみ》をかたむけてしっかりむきあってみて
そうしたらきっとわかりあえるから
きゅ…
わたし今度《こんど》こそ約束《やくそく》する
あんずは……わたしの妹《いもうと》なんだからっ!!
うん
きっとできる!

それから
あんずノート
よーし
うん ごはんも へってる
メモ メモ
うんちの状態《じょうたい》も…… オッケーかな
キュ
キュ
「やさしく声《こえ》をかけて」
ほら
ぴっかぴかだよー
うさぎよう
大《おお》きな音《おと》を出《だ》さないように……
そおっ……としめる
パタン
あんず おはよう♪

ぴょーこっ
ドキドキ
ぴく
そ…
ぴく
ペろ
!!

あんず!!
おかっ
おとっ
みっ
みた?!
みた?!
うん
うん
ズリ…
これから
もっとなかよく
なろうね

心《こころ》やさしくなるどうぶつのお話《はなし》
第《だい》5話《わ》
コパンと歩《ある》きだす夏《なつ》
夏休《なつやす》み初日《しょにち》ー
何《なに》ごとも経験《けいけん》だしっかりな
蓮太《れんた》……だいじょうぶ?
だいじょうぶだよ

ドゴーン!
がんばれよっ!
いってぇ!
パタン……
大《おお》げさなんだよ
一週間《しゅうかん》おじさんちに行《い》くだけじゃんか……
プァァァァ
ゴォォォォ
タン…

ああ〜
やっと着《つ》いた
ここでまってりゃ
いいんだよな
ブロロロロ…
おーい
蓮太《れんた》！
あっ
おじさん！
ひさしぶり!!
バタン
タタタ…
大《おお》きく
なったなぁ！
あのチビの
蓮太《れんた》が!?
わーっ
mini
おれもう
中学《ちゅうがく》二年《ねん》
だぜ？

ははは この夏《なつ》は たのんだぞ
牧場《ぼくじょう》の夏《なつ》は いそがしいんだ
ミーン ミーン ミーン…
バタン
よっと
まかせとけって!
ブロロロ…
さあ 案内《あんない》するから 乗《の》った乗《の》った!
牧
蓮《れん》ちゃ～ん
あっ おばさん!

※馬《うま》や牛《うし》を飼《か》う小屋《こや》。

よしっ
仕事《しごと》だ
そこの一輪車《りんしゃ》を押《お》してついてこい
たっ…
ガラ
ガラ
ガラ
おれがボロ※を集《あつ》めるから
蓮太《れんた》は外《そと》に運《はこ》べ
ザッ
ザッ
蓮太《れんた》！
そんなゆっくりじゃ明日《あす》になっちまうぞ！
うっ…
マジかよ……
※ここでは馬《うま》のフンのこと。

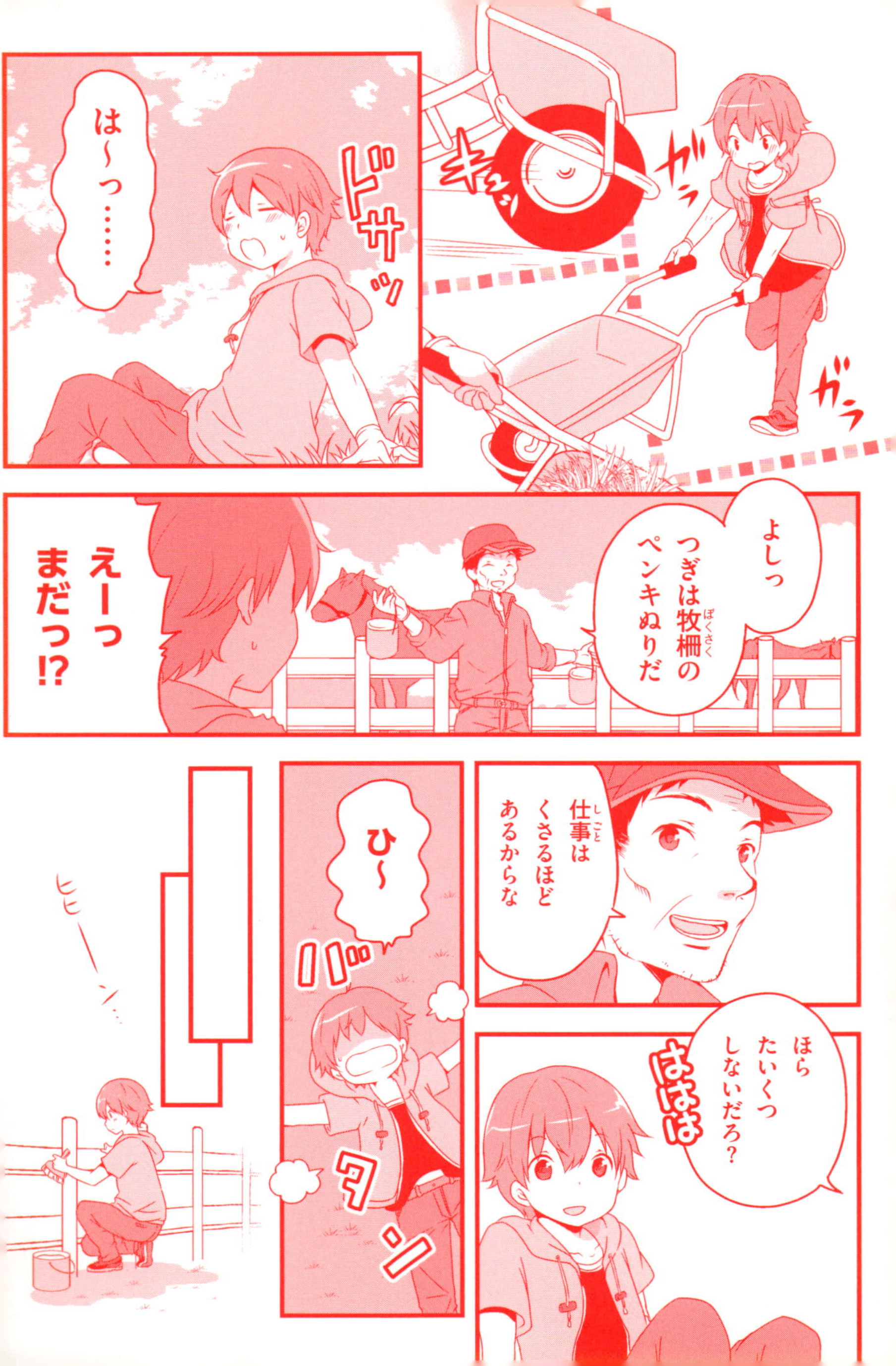

ガラ
ガラ
キュッ
ドサッ
は〜っ……
よしっ
つぎは牧柵《ぼくさく》の
ペンキぬりだ
えーっ
まだっ!?
仕事《しごと》は
くさるほど
あるからな
ほら
たいくつ
しないだろ?
ははは
ひ〜
ハ゜
タン
ヒヒーン…

行《い》くぞ
コパン
ザッ
そっ。。。
くるっ
おーい
蓮太《れんた》
おまえやって
みるか?
えっ
おれ?
ドキドキ
ぎゅっ
ピタリ
ちょっ…
ぐいっ
なんだよっ
なんで歩《ある》か
ないんだよ
もういい
かわれ
う。。。
ス…
パカパカ
パカ…
……

よしよし
コパン
つぎは体《からだ》を
あらうぞ
何《なに》してるの?
見《み》て
さわって
こいつの
反応《はんのう》を
見《み》ながら
きずとかを
チェック
してるのさ
ふーん
二人《ふたり》とも
ごはんよ~
よ~し
だいじょ
うぶだ
馬《うま》を厩舎《きゅうしゃ》に
もどして
メシにしよう
うんっ!

翌朝《よくあさ》――
ガラ
おい蓮太《れんた》 起《お》きろ
んっ?
ん～ん なん時《じ》?
ぼ～～…。
もう五時《じ》だ 先《さき》に行《い》ってるぞ
!?
5:00
え!?
……ちょ ちょっと
チチチチ…
チュンチュン
ザッ
ザッ
ザッ
ほれ えさを馬《うま》たちにくばってくれ
ふあ は～い

食事《しょくじ》の量《りょう》はみんなちがうから
ちゃんとやるんだぞ
わかってるよ
エサだぞー
モシャ
モシャ
そのコパンな
とってもがんばった馬《うま》なんだ
がんばったって？
競走馬《きょうそうば》を引退《いんたい》してから
警察《けいさつ》の騎馬隊《きばたい》までつとめて
ここへ来《き》たんだよ
へえ
すごい馬《うま》なんだな

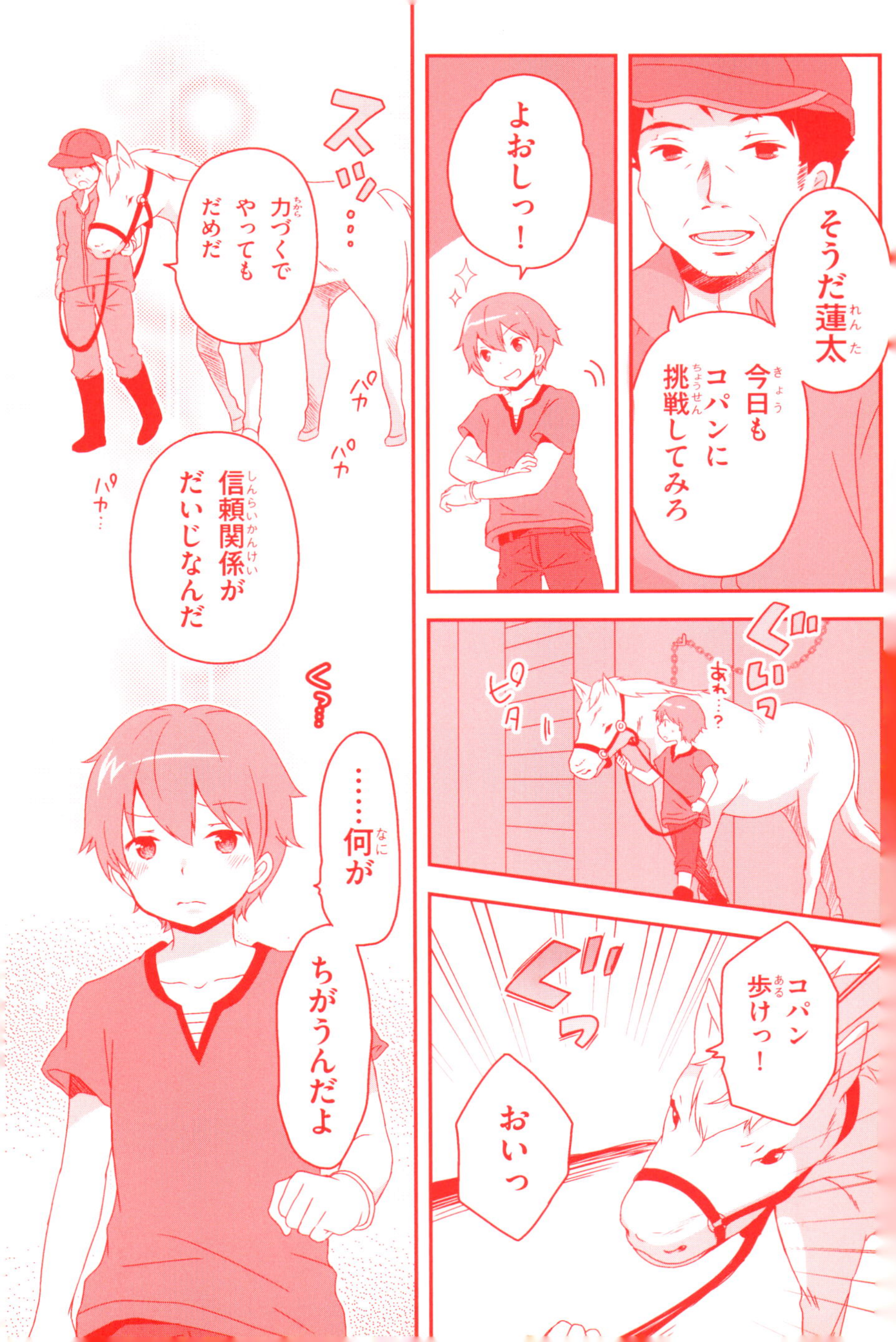
そうだ蓮太《れんた》
今日《きょう》もコパンに挑戦《ちょうせん》してみろ
よおしっ！
ぐいっ
あれ…？
ピタ！
ぐいっ
コパン歩《ある》けっ！
おいっ
スッ…
力《ちから》づくでやってもだめだ
パカ
パカ
パカ…
信頼関係《しんらいかんけい》がだいじなんだ
く…
……何《なに》がちがうんだよ

牧場《ぼくじょう》での生活《せいかつ》は
あっというまに過《す》ぎていった――
動け
ぐぐぐぐ
ぐぐぐぐ
ふう…
ここでの作業《さぎょう》にもだいぶなれてきたなあ
ほとんどの馬《うま》はおれの言《い》うことをきいてくれるようになったし
……でもコパンだけは……

おいコパン！おまえだけなあ……
なんなんだよ！
なんでコパンだけ……
それはなコパンが
おまえはまだまだだって言《い》ってきてんだよ
……ねぇおじさんどうして……
コパンはおまえに正《ただ》しい馬《うま》のあつかいかたを教《おし》えてるのさ

正《ただ》しい馬《うま》のあつかいかた？
馬《うま》はリーダーとみとめた人間《にんげん》の言《い》うことはきちんと聞《き》く
リーダー？
まちがった指示《しじ》を出《だ》してくるおまえはまだリーダーじゃないってことだ
だからコパンは心《こころ》を鬼《おに》にしておまえの指示《しじ》をムシしてるのさ
鬼っ
それって……コパンに下《した》に見《み》られてるってこと？
ピヨ ピヨ
だな おまえなんて下《した》っ端《ぱ》の下《した》っ端《ぱ》生《う》まれたばかりのひよこってとこだ
はははは
ちぇーっ！

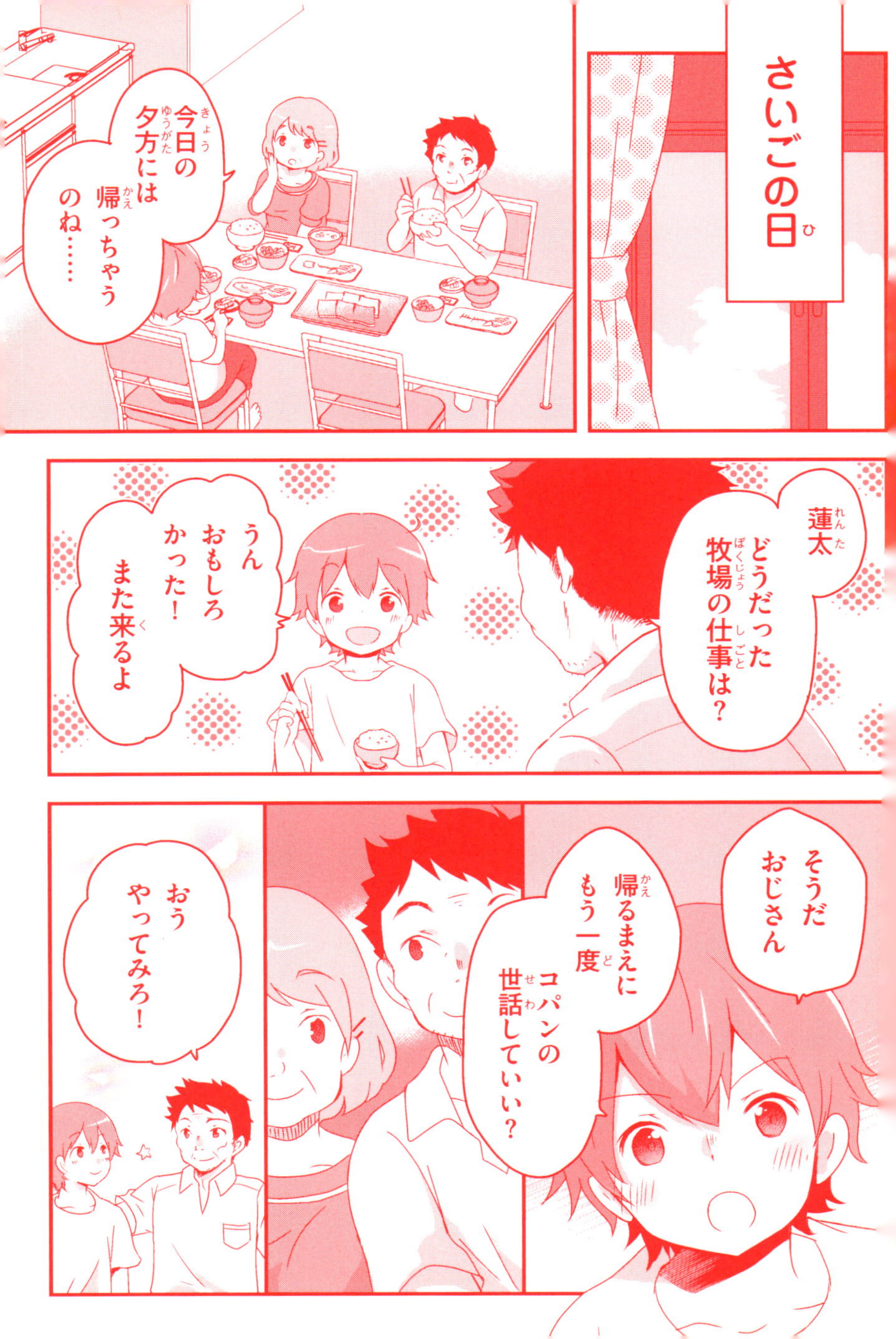
さいごの日《ひ》
今日《きょう》の夕方《ゆうがた》には帰《かえ》っちゃうのね……
蓮太《れんた》 どうだった牧場《ぼくじょう》の仕事《しごと》は？
うん おもしろかった！ また来《く》るよ
そうだ おじさん
帰《かえ》るまえにもう一度《ど》コパンの世話《せわ》していい？
おう やってみろ！

ブルルル
おれは
こいつの
ぐいっ
ビビるな……
リーダー
なんだ……
ザッ
……
スゥーッ…
パカッ…
あっ！
ぐっ…

まだまだだめだ
さいごまでちゃんと……
トッ
スゥ…
やった！
パカ
パカ
パカ
やったぞ！
蓮太《れんた》
やったな！
コパンが
おまえを
みとめたぞ
……おじさん！

コパン
また来《く》るよ
今度《こんど》はもっと
いろいろして
あげるからな
ヒヒーン
あははは
ヒヒーン…
はははははは…

心やさしくなる どうぶつのお話《はなし》

第《だい》6話《わ》 にじの橋《はし》をわたったハル

＃1 やっと心《こころ》をひらいてくれたの？

「おーい、ハル。ハルってば。あそぼうよ」

ソファに寝《ね》ころびながら、和泉《いずみ》は猫《ねこ》じゃらしをふりまわしてハルをさそった。

だけど、ハルはリビングの出窓《でまど》にすわり、空《そら》をながめたまま。ちらりと和泉《いずみ》をふりかえっただけで、すぐにプイッと顔《かお》をそむけると、何《なに》ごともなかったように、すきとおった目《め》を空《そら》にもどした。

「何《なに》よ、ヒマなくせに……」

飼《か》い猫《ねこ》のハルが和泉《いずみ》をかまってくれないのは、いつものことだった。

しばらくすると、和泉《いずみ》の母親《ははおや》がキッチンからやってきて、和泉《いずみ》がもっていた猫《ねこ》じゃらしを取《と》りあげた。

「まったく、お休《やす》みだからって、いつまでゴロゴロしてる気《き》？」

「いいじゃん。テスト終《お》わったばっかりなんだから、ゆっくりさせてよ！」

和泉《いずみ》は、県内《けんない》の進学校《しんがくこう》に通《かよ》っていた。この学校《がっこう》の制服《せいふく》が着《き》たくて、受験勉強《じゅけんべんきょう》を必死《ひっし》にがんばった。だけど、いざ入《はい》ってみると授業《じゅぎょう》のペースは速《はや》くて、ついていくのがやっと。友《とも》だちもできたけれど、みんな、行《い》きたい大学《だいがく》や将来《しょうらい》の目標《もくひょう》が具体的《ぐたいてき》に決《き》まっていて、和泉《いずみ》はすでに気《き》おくれしていた。

「だったら、たまにはハルとあそんであげなさ……あっ、ハル！」

母親《ははおや》の話《はなし》は、とつぜん出窓《でまど》からとびおりてきたハルにさえぎられた。母親《ははおや》が和泉《いずみ》から取《と》りあげたおもちゃに、ハルがじゃれつく。

——ハルは捨《す》て猫《ねこ》だった。

和泉《いずみ》が小学《しょうがく》三年生《ねんせい》のときに、和泉《いずみ》の母親《ははおや》が、「引《ひ》きとってくれる人《ひと》が見《み》つかるまで、めんどうみてあげよう」と言《い》って飼《か》いだしたのが、はじまりだった。

すました顔《かお》は白《しろ》と黒《くろ》にわかれていて、くつ下《した》をはいているように見《み》えるのが愛《あい》らしい。あまえんぼうでもないし、人《ひと》なつっこいわけでもない。和泉《いずみ》や、和泉《いずみ》の父親《ちちおや》が話《はな》しかけても知《し》らんぷり。だけど、和泉《いずみ》の母親《ははおや》にだけは、まるで犬《いぬ》みたいにしっぽをふってついていく。言《い》ってみれば、好《す》ききらいがはっきりしている、ドライな性格《せいかく》。

それでも和泉《いずみ》は、ハルが大好《だいす》きだった。

父親《ちちおや》と母親《ははおや》がけんかしたときも、和泉《いずみ》が落《お》ちこんでいるときも、ツンとすまして出窓《でまど》にすわっているハルが「ミャー」と鳴《な》くと、ふしぎとみんなの心《こころ》はあたたかくなった。

まるで和泉《いずみ》たち家族《かぞく》を、いつも見《み》まもっているように、ハルがそこにいた——。

「ママ、わかったでしょ？　あそんでもらえないのは、ハルじゃなくて、わたしなの。

本当《ほんとう》に、ハルはママばっかり。別《べつ》にいいけどね」
和泉《いずみ》はふてくされた顔《かお》で、母親《ははおや》にじゃれつくハルを見《み》ていた。ハルがかまってくれないのはおもしろくないけど、それでもハルはかわいかった。

ハルは、和泉《いずみ》の大切《たいせつ》な家族《かぞく》だった。

学校《がっこう》から帰《かえ》ると、和泉《いずみ》はリビングに直行《ちょっこう》する。

「ハル、ただいま！」

相手《あいて》にしてもらえないとわかっていても、それが和泉《いずみ》の日課《にっか》だった。
和泉《いずみ》はハルが出窓《でまど》にすわっているのを確認《かくにん》すると、ハルの反応《はんのう》をまつことなく、キッチンにむかう。
「ママ、おなか空《す》いた。なんかある？」
母親《ははおや》の返事《へんじ》をまたずに冷蔵庫《れいぞうこ》をあけ、中《なか》をのぞきこんでいると、和泉《いずみ》は足《あし》もとにハル

がいることに気《き》がついた。めずらしく、和泉《いずみ》の足《あし》にしっぽをからめてくる。

「ん？　何《なに》？　ハルもおなかが空《す》いてるの？」

「そんなはずないわよ、ハルはさっき食《た》べたばっかりだもの」

夕飯《ゆうはん》のしたくをしていた母親《ははおや》が、和泉《いずみ》にふりかえって言《い》った。

「ふ～ん」

和泉《いずみ》がジュースをグラスにそそいで、リビングのソファにすわると、ハルも和泉《いずみ》の足《あし》もとにすわりこんだ。

「何《なに》よ、食《た》べたばっかりなんでしょ？　何《なに》もあげないよ～。勝手《かって》になんかあげたりしたら、ママにおこられるのは、わたしなんだから」

それでもハルは、何《なに》か言《い》いたげに和泉《いずみ》の顔《かお》を見上《みあ》げていた。

「……ハル。もしかして、あそんでほしいの？」

わずかな期待《きたい》を胸《むね》に和泉《いずみ》がハルの顔《かお》をのぞきこむと、目《め》をそらされる。和泉《いずみ》は肩《かた》をすくめながら、ためいきをついた。

「変《へん》なの」

そのときは、それだけだった。そんなハルの気《き》まぐれな行動《こうどう》に、何《なに》か意味《いみ》があるかもしれないなんて、和泉《いずみ》は考《かんが》えもしなかった……。

「おいおいハル、パパは新聞《しんぶん》が読《よ》みたいんだ。じゃましないでくれよ」

そう言《い》いながらも、和泉《いずみ》の父親《ちちおや》はうれしそうに笑《わら》っていた。

このごろハルは、和泉《いずみ》や父親《ちちおや》の近《ちか》くに寄《よ》ってきては、じっと顔《かお》を見《み》つめてくる。

「パパ、顔《かお》がにやけてるよ」

「そ、そんなことないさ」

「そんなことあるでしょ。やっとなついてくれたんだもんね」

父親《ちちおや》をからかいながら、和泉《いずみ》もハルが足《あし》もとにすりよってくると、うれしくてしかたがなかった。

「ハル～、こっちにおいで」

和泉《いずみ》が名前《なまえ》を呼《よ》ぶと、ハルは「ミャー」と小《ちい》さく鳴《な》いて、トコトコと足《あし》もとまで寄《よ》ってきてくれる。だけど手《て》をのばして、あごの下《した》をくすぐってあげようとすると、ハルはすっと身《み》をひいてしまう。

「はぁ……。ハルって、ツンデレちゃんだったのね」

和泉《いずみ》は立《た》ちさるハルのうしろすがたを見《み》つめていた。あまえているのかと思《おも》えば、すぐにまたどこかへ行《い》ってしまう。なんとなく母親《ははおや》に対《たい》する態度《たいど》とは、ちがう気《き》がする。

（まったく、どういうつもりなんだろう？）

それでも、和泉《いずみ》はハルの行動《こうどう》をまえむきに受《う》けとめていた。

（やっと、わたしやパパにも心《こころ》をひらきはじめたってことなのかな）

――ハルが捨《す》てられたとき、ハルはまだ子猫《こねこ》だった。拾《ひろ》われるまでの数日間《すうじつかん》、ハルに

何《なに》があったのか、和泉《いずみ》は知《し》らない。
ただ、ハルがはじめて家《いえ》に来《き》たとき、とてもおびえていたことを、和泉《いずみ》ははっきりとおぼえている。
やせているのに、えさを口《くち》にしない。ふるえながら**「シャーッ!!」**といかくするような声《こえ》を出《だ》して、ぜったい自分《じぶん》に近《ちか》よらせない。
そんなハルの心《こころ》をいやしたのは、和泉《いずみ》の母親《ははおや》だった。さいしょはなん度《ど》も手《て》をひっかかれたり、かまれたりして、母親《ははおや》の手《て》は、いつもきずだらけだった。

それでも、けっしておこることなく「ごはん食《た》べていいのよ」「あなたの名前《なまえ》はハルよ」とやさしく語《かた》りつづける母親《ははおや》に、ハルもだんだん心《こころ》をゆるすようになったのだ。

（ママがいなかったら、ハルはどうなっていたのかな……）

そんなハルの子猫時代《こねこじだい》を知《し》っているからこそ、和泉《いずみ》はハルが自分《じぶん》になつかなくても、かまわなかった。だれかが近《ちか》くにいても、ごはんを食《た》べる。自分《じぶん》から人間《にんげん》に近《ちか》づく。それだけでも、ハルにとっては大《おお》きな成長《せいちょう》だったから……。

リビングの出窓《でまど》にすわって外《そと》をながめるハルのうしろすがたを見《み》つめながら、和泉《いずみ》はぼんやりとハルがたいへんだったころを思《おも》い出《だ》していた。

（そうだよね……。わたしやパパに近《ちか》よってくれるようになっただけでも、すごいことなんだよね）

でも、それがみんな、ハルからの大切《たいせつ》なメッセージだったなんて、このときの和泉《いずみ》は思《おも》いもしなかった……。

#2 とつぜんのお別《わか》れ

ハルの態度《たいど》が変《か》わりはじめてから、数《すう》か月《げつ》が過《す》ぎたころ。それは、数年《すうねん》ぶりに和泉《いずみ》たちの住《す》む町《まち》に、大雪《おおゆき》がふった日《ひ》の朝《あさ》のことだった。

ハルは、学校《がっこう》に出《で》かけるしたくをしている和泉《いずみ》のそばをウロウロしていた。

「ごめん、ハル。今日《きょう》は雪《ゆき》だから、少《すこ》し早《はや》めに学校《がっこう》に行《い》くんだ」

いつもなら、和泉《いずみ》がそう言《い》ってコートを着《き》ると、ハルはさっさと母親《ははおや》のもとに行《い》ってしまうのに、その日《ひ》はちがった。

玄関《げんかん》にむかう和泉《いずみ》のあとをついてくると、ハルはくつをはいている和泉《いずみ》をじっと見上《みあ》げて「ミャー」と鳴《な》いた。

「えっ何《なに》？　もしかして今《いま》、『行《い》ってらっしゃい』って言《い》ってくれたの？　ねえパパ、見《み》てよ！　ハルがお見《み》おくりしてくれてるの！」

和泉《いずみ》がうれしそうにあとから来《き》た父親《ちちおや》にそう言《い》うと、父親《ちちおや》の顔《かお》が、ふにゃふにゃっとほころんだ。

「ほお、めずらしいね」

そんなふうに、ハルが玄関《げんかん》まで来《き》てくれたことは、今《いま》までなかった。父親《ちちおや》はニコニコしながらハルの首《くび》もとをなでると、リビングのほうにむかって声《こえ》をかけた。

「おーい、ママ！　行《い》ってくるよ！」

そう言《い》いながら父親《ちちおや》が先《さき》に玄関《げんかん》を出《で》て、和泉《いずみ》があとに続《つづ》いた。

「行《い》ってらっしゃい。気《き》をつけてね……」

母親《ははおや》は、玄関《げんかん》のたたきにすわっていたハルをゆっくりとだきあげた。

「はーい！　行《い》ってきます！」

そして和泉《いずみ》は玄関《げんかん》のドアをしめると、先《さき》を歩《ある》いていた父親《ちちおや》にかけよった。

「ねえ、パパ。なんかママ、元気《げんき》なくない？　けんかでもしたの？」

「えっ？　けんかなんかしてないよ。具合《ぐあい》でも悪《わる》かったのかな」

「パパが気《き》づいてないだけかもよ。帰《かえ》りにケーキでも買《か》ってきてあげて、ママのごきげんでも取《と》ってあげたら？」

「何言《なにい》ってんだ。ケーキなんて、和泉《いずみ》が食《た》べたいだけだろ」

「あ、バレた？」

和泉《いずみ》と父親《ちちおや》は、そう言《い》って笑《わら》いあった。それは、なんてことない、いつもの朝《あさ》だった。

ハルが玄関先《げんかんさき》でふたりを見《み》おくったことをのぞけば、ごくごくふつうの朝《あさ》だった。


――雪《ゆき》はふりつづいて、和泉《いずみ》が家《いえ》に帰《かえ》るころには、町《まち》はまっ白《しろ》だった。

玄関《げんかん》をあけ、手《て》ぶくろをしていてもかじかんでしまった手《て》をこすりながら、リビングへとむかう。そして、いつものようにハルにむかって、「ただいま」と言《い》おうとして、和泉《いずみ》は立《た》ちどまった。

リビングの出窓《でまど》のいつもの席《せき》に、ハルのすがたがなかった。

「あれっ？　ねえママ、ハルはどこに……」

和泉《いずみ》が声《こえ》をかけると、母親《ははおや》が寝室《しんしつ》から出《で》てきた。

いつもなら、キッチンで食事《しょくじ》のしたくをしている時間《じかん》なのにと、和泉《いずみ》は首《くび》をひねった。

「どうしたの、ママ。やっぱり具合《ぐあい》でも悪《わる》いの？」

そう言《い》いながら、母親《ははおや》の目《め》がまっ赤《か》にはれあがっているのに気《き》がついて、和泉《いずみ》は正体《しょうたい》のわからない不安《ふあん》におそわれた。

「和泉《いずみ》……。こっちへ……いらっしゃい」

母親《ははおや》はふるえる声《こえ》でそう言《い》うと、和泉《いずみ》を寝室《しんしつ》に呼《よ》びいれた。それから、部屋《へや》のすみにおいてあるハルのベッドのまえにしゃがみこんだ。

和泉《いずみ》は母親《ははおや》の背中《せなか》から、ハルのベッドをこわごわとのぞきこんだ。

ぼんやりとした明《あ》かりの下《した》に、ハルが横《よこ》たわっていた。

和泉《いずみ》はしずかに手《て》をのばすと、ハルの体《からだ》にそっとふれた。

そして、その冷《つめ》たさに言葉《ことば》をうしなった。

「……ハ……ハル？」

ハルは、ぴくりとも動《うご》かなかった。目《め》をあけようともしない。

「ママ……ハル……ハルは……」

「苦《くる》しかったと思《おも》う……つらかったと思《おも》う。……でもハルは、さいごまで……」

そこで母親《ははおや》は声《こえ》をつまらせると、こらえきれずにすすりないた。

物心《ものごころ》ついてから、母親《ははおや》が泣《な》くすがたを和泉《いずみ》は一度《ど》も見《み》たことがなかった。

ハルの体《からだ》をいとおしそうになでながら、母親《ははおや》はひとりごとのようにつぶやいた。

「自分《じぶん》で死期《しき》がわかっていたんだと思《おも》う……。だから、あなたたちをおどろかせないように……いないときに旅立《たびだ》とうって。朝《あさ》はパパと和泉《いずみ》のお見《み》おくりまでして……」

「そんな……」

それから母親《ははおや》は、数日《すうじつ》まえから元気《げんき》がなかったことや、今朝《けさ》は食事《しょくじ》を食《た》べなかったことなど、ここ数《すう》か月《げつ》のハルの様子《ようす》を和泉《いずみ》に話《はな》してきかせた。

「……ぜんぜん気《き》づかなかった……」

「ハル……あなたたちのまえでは、そんな様子《ようす》、ぜんぜん見《み》せなかったものね。強《つよ》がっちゃって……本当《ほんとう》はあまえんぼうのさみしがりやなのに……」

「ハル……ハル……」

泣《な》きつづける母親《ははおや》のとなりで、和泉《いずみ》はしずかになみだをこぼした。

夜《よる》になって父親《ちちおや》が帰《かえ》ってくると、母親《ははおや》は和泉《いずみ》にしたのと同《おな》じように、また泣《な》きながら、ハルの様子《ようす》を話《はな》してきかせた。

(ママ……たったひとりでハルのさいごをみとってくれたんだね……。ハルもつらかっただろうけど……きっとママも……)

それから和泉《いずみ》たちは、ハルに深《ふか》い感謝《かんしゃ》と愛情《あいじょう》をこめて別《わか》れをつげた……。

#3 ハルがのこしたメッセージ

ハルが亡《な》くなってからも、変《か》わらぬ朝《あさ》は、いつものように毎日《まいにち》やってきた。

あれから家族《かぞく》みんな、ハルのことはつとめて話《はな》さないようにしている。ハルの名前《なまえ》が出《で》ると、どうしてもかなしい気《き》もちになってしまうから……。

とくに母親《ははおや》は、ハルを失《うし》なったかなしみから、まだ心《こころ》を立《た》てなおせずにいた。

「ほら、早《はや》くしないと、ちこくするわよ……」

お弁当《べんとう》を手《て》わたしながら、母親《ははおや》が和泉《いずみ》を急《せ》かした。

「パパも会社《かいしゃ》に行《い》く時間《じかん》よ……」

「あっ、ホントだ。いけない、いけない」

父親《ちちおや》は読《よ》んでいた新聞《しんぶん》をバサッとテーブルの上《うえ》におくと、すっくと立《た》ちあがった。

「行《い》ってきます」

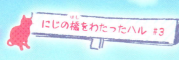

ふたりの声《こえ》が玄関《げんかん》にひびいて、ドアがパタンとしまると、母親《ははおや》は、ふっとしずかにためいきをこぼした。

「ママ……まだ元気《げんき》ないね。ママって、あんまりグチとか言《い》わないでしょ。でも、わたし一度見《どみ》たんだ……ママがハルに、こっそり弱音《よわね》をはいていたところ。ハルがママのいい話《はな》し相手《あいて》っていうか、相談相手《そうだんあいて》になっていたんだよね……」

「そうか……。ハルは、ママの心《こころ》のささえになってくれていたんだな……」

家族《かぞく》のだれよりも落《お》ちこんでいるのに、いつもと同《おな》じようにふるまおうとする母親《ははおや》のすがたを見《み》るのが、和泉《いずみ》と父親《ちちおや》には、つらかった。

「どうしたらいいのかな……」

和泉《いずみ》がそう言《い》うと、父親《ちちおや》は少《すこ》し考《かんが》えてから、ゆっくりと口《くち》をひらいた。

「パパ、思《おも》ったんだ……。たぶんママが気《き》づくよりもずっとまえから、ハルは自分《じぶん》のさいごが近《ちか》いことをわかっていたんじゃないかな」

「……どういうこと？」

「ハルはパパや和泉《いずみ》のあとを、くっついて歩《ある》いてただろ？　あれって、〝自分《じぶん》がいなくなったら、ママをささえてあげて〟っていうメッセージだったんじゃないかな」

そう言《い》われて和泉《いずみ》は、急《きゅう》になついてくれるようになったハルのことを思《おも》い出《だ》していた。

「そういえば、ママにあまえてるときと、態度《たいど》がちがうような気《き》がしてた。……そっか、あれは、別《べつ》にわたしに心《こころ》をひらいてくれてたわけじゃなかったんだ……」

がっかりしてそう言《い》うと、父親《ちちおや》は和泉《いずみ》を力《ちから》づけるように強《つよ》い口調《くちょう》で言葉《ことば》を続《つづ》けた。

「ちがうよ、和泉《いずみ》。心《こころ》をひらいてくれたからこそ、ハルはパパと和泉《いずみ》に、ママのことをお願《ねが》いしたかったんだと思《おも》うんだ。だから、和泉《いずみ》とパパでママをささえてあげなきゃな」

「……うん、わかった。そう……そうだよね」

和泉《いずみ》と父親《ちちおや》は、ハルがのこしたメッセージを、母親《ははおや》にむけられた深《ふか》い愛《あい》を、しっかりと胸《むね》にきざみこんだのだった――。

「うん！　だいぶ、じょうずになったじゃない」

和泉《いずみ》が作《つく》った玉子焼《たまごや》きを味見《あじみ》しながら、母親《ははおや》はやわらかい笑《え》みをうかべた。

落《お》ちこんでいる母親《ははおや》をどうにかしてはげまそうとしていた和泉《いずみ》は、お弁当《べんとう》を自分《じぶん》で作《つく》ることにした。ハルをかわいがっていた母親《ははおや》のことをいろいろと考《かんが》えているうちに、和泉《いずみ》は母親《ははおや》に対《たい》する感謝《かんしゃ》や、思《おも》いやりの気《き》もちをわすれていたことに気《き》づいたからだった。

自分《じぶん》で決《き》めた高校《こうこう》なのに、入学《にゅうがく》してからずっと不満《ふまん》ばかり言《い》っていたことも、母親《ははおや》を心配《しんぱい》させていたにちがいないと思《おも》いなおした。

「数学《すうがく》と生物《せいぶつ》の授業《じゅぎょう》がさいきん楽《たの》しくってさ。わたしって、リケジョなのかも」

「リケジョって理系女子《りけいじょし》のこと？　ママも学生時代《がくせいじだい》は数学《すうがく》がいちばん好《す》きだったから、リケジョってことかしら」

和泉《いずみ》が楽《たの》しそうに学校《がっこう》の話《はなし》をすると、母親《ははおや》もきょうみ深《ぶか》げにあれこれ質問《しつもん》したりする。

「そういえば、昨日《きのう》のパパとのデート、どうだった？」

「ん？　もちろん、楽《たの》しかったわよ。そうそう、パパったらレストランでね……」

父親《ちちおや》も、和泉《いずみ》と同《おな》じ思《おも》いで母親《ははおや》をはげまそうとしていた。うれしそうに話《はなし》をする母親《ははおや》を見《み》て、父親《ちちおや》の思《おも》いも伝《つた》わっているんだなと、和泉《いずみ》は感《かん》じていた。

そうして、数《すう》か月《げつ》が過《す》ぎていった――。

ある日曜日《にちようび》、和泉《いずみ》たち三人《にん》は、家《いえ》の近《ちか》くの河川敷《かせんじき》まで散歩《さんぽ》に出《で》かけた。

その河川敷《かせんじき》には、さくらの木《き》がずっと遠《とお》くまでつらなって植《う》えられている。だから、春《はる》には満開《まんかい》のさくらを見《み》に、多《おお》くの人《ひと》たちがおとずれる。

ハルがいたころも、毎年《まいとし》家族《かぞく》みんなでお花見《はなみ》に来《き》ていた。

「このさくらを見《み》るとさ、また春《はる》になったなって実感《じっかん》するよね」

和泉《いずみ》は、子猫《こねこ》が春《はる》にやってきたから「ハル」と名《な》づけたことを思《おも》い出《だ》して、ちらりと母親《ははおや》のほうをうかがった。

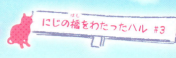

すると、母親《ははおや》と父親《ちちおや》が同《おな》じ方向《ほうこう》を見《み》ているのに気《き》がついた。

その目線《めせん》の先《さき》には、少《すこ》しはなれたさくらの木《き》の下《した》で、一匹《いっぴき》の猫《ねこ》が気《き》もちよさそうに、日《ひ》なたぼっこをしていた。

「あの猫《ねこ》ちゃん、顔《かお》のもようがハルみたいね」

なつかしそうにそう言《い》った母親《ははおや》はおだやかな表情《ひょうじょう》をしていて、和泉《いずみ》と父親《ちちおや》は少《すこ》しだけほっとした。

「そういえば、**〝猫《ねこ》に食《た》べものの名前《なまえ》をつけると長生《ながい》きする〟**って話《はなし》を聞《き》いたことがあるんだけど、本当《ほんとう》かしら？　もし、また猫《ねこ》を飼《か》うことがあったら、ためしてみようかな」

笑顔《えがお》で母親《ははおや》がふりかえると、和泉《いずみ》も父親《ちちおや》も笑顔《えがお》になった。

木々《きぎ》のあいだをおだやかな風《かぜ》がふきぬけて、さくらの花《はな》びらがちらちらと舞《ま》う。

ハルを失《うし》なってしずんでいた母親《ははおや》の心《こころ》は、和泉《いずみ》たちの思《おも》いと、流《なが》れゆく時間《じかん》のおかげで、少《すこ》しずつ、少《すこ》しずつ、いやされようとしていた……。

心《こころ》やさしくなるどうぶつのお話《はなし》
第《だい》7話《わ》
エルとケンの友情記念日《ゆうじょうきねんび》
ほら　ケン！もっとひっぱって
ワン　ワン!!
わわ！ケン！ストップストップ
それで　亜矢《あや》いつごろアメリカに引《ひ》っ越《こ》すの？
こうふんしすぎ！おちついてケン！
もう来月《らいげつ》なのよねけど……
ママの妹《いもうと》の亜矢《あや》おばさんが海外《かいがい》でくらすことになった

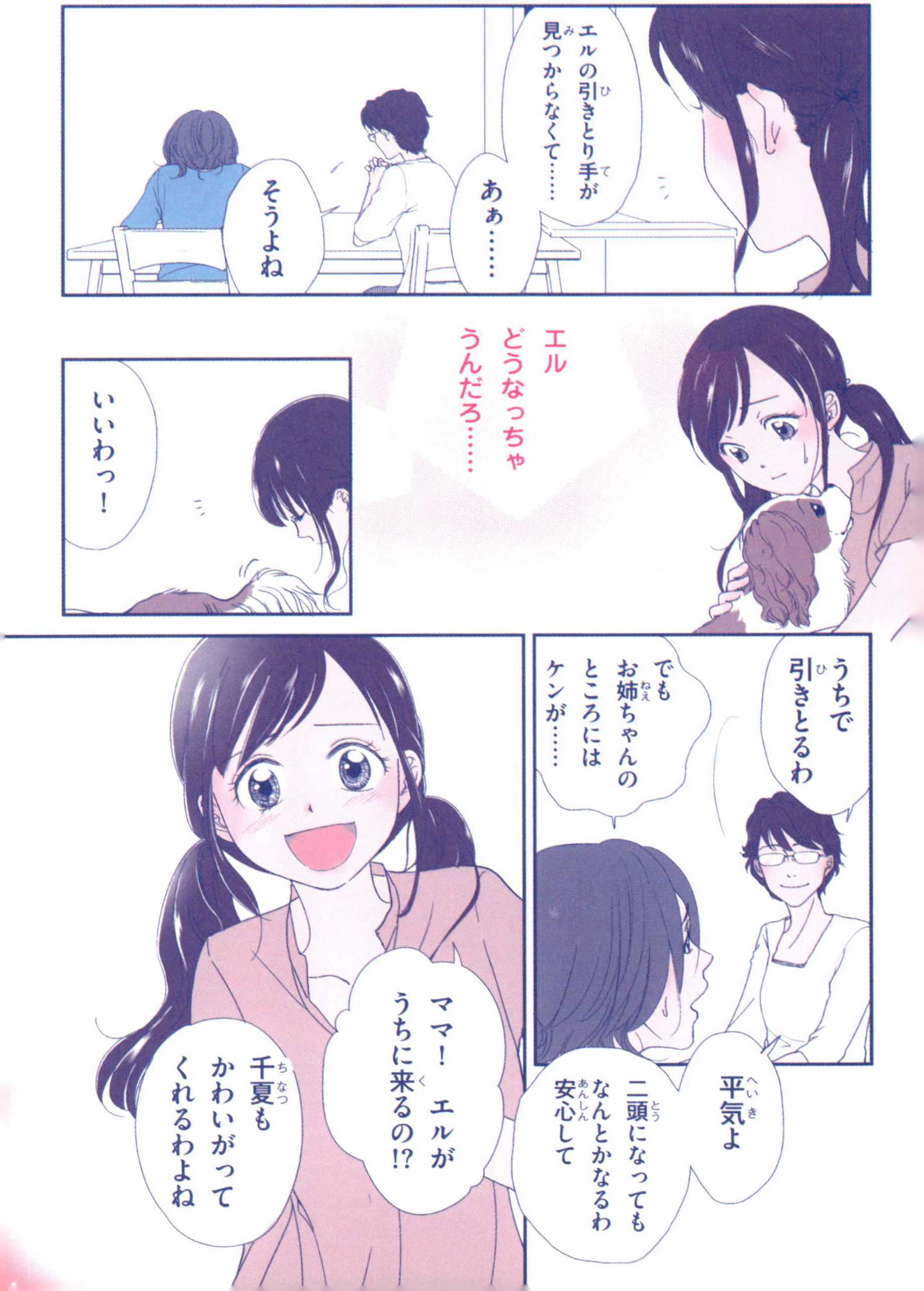
エルの引《ひ》きとり手《て》が見《み》つからなくて……
あぁ……
そうよね
エル どうなっちゃうんだろ……
いいわっ！
うちで引《ひ》きとるわ
でもお姉《ねえ》ちゃんのところにはケンが……
平気《へいき》よ
二頭《とう》になってもなんとかなるわ安心《あんしん》して
ママ！ エルがうちに来《く》るの!?
千夏《ちなつ》もかわいがってくれるわよね

もちろんだよっ
ああ～ありがとう お姉《ねえ》ちゃん 千夏《ちなつ》 本当《ほんとう》に ありがとう!!
やったねケン！ エルが来《き》たら二頭《とう》で あそぼうね！
……エルをむかえるとなったら いろいろ 準備《じゅんび》しないとね
準備《じゅんび》？
うちには ケンもいるし まだ何《なに》か いるの？
ケンが いるから 必要《ひつよう》なのよ
「犬《いぬ》」
「多頭飼《たとうが》い」
「トラブル」…と

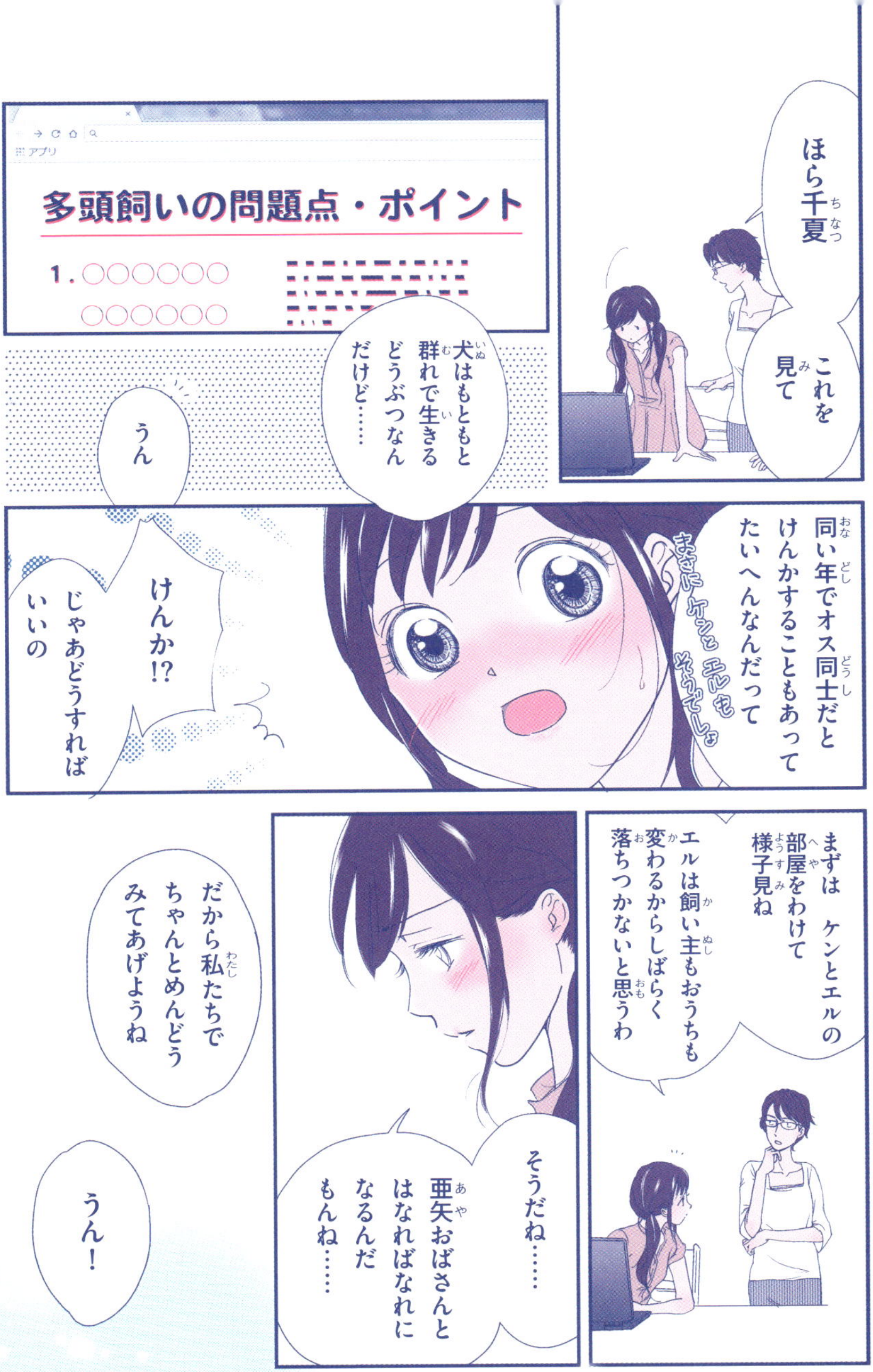
ほら千夏《ちなつ》
これを見《み》て
アプリ
多頭飼いの問題点・ポイント
1.○○○○○○
○○○○○○
犬《いぬ》はもともと群《む》れで生《い》きるどうぶつなんだけど……
うん
同《おな》い年《どし》でオス同士《どうし》だとけんかすることもあってたいへんなんだって
まさにケンとエルもそうでしょ
けんか!? じゃあどうすればいいの
まずは ケンとエルの部屋《へや》をわけて様子見《ようすみ》ね
エルは飼《か》い主《ぬし》もおうちも変《か》わるからしばらく落《お》ちつかないと思《おも》うわ
そうだね……亜矢《あや》おばさんとはなればなれになるんだもんね……
だから私《わたし》たちでちゃんとめんどうみてあげようね
うん!

リビングにはケンのケージがあるからエルは千夏《ちなつ》の部屋《へや》ね
ちゃんとお世話《せわ》してね
だいじょうぶまかせといて
多頭飼《たとうが》いのことわたしも調《しら》べておくよ
二週間後《しゅうかんご》──
ピンポーン
来《き》たっ
バタバタバタバタバタ。
こんにちは！お世話《せわ》になります
ふー
いらっしゃいエル！おばさん！

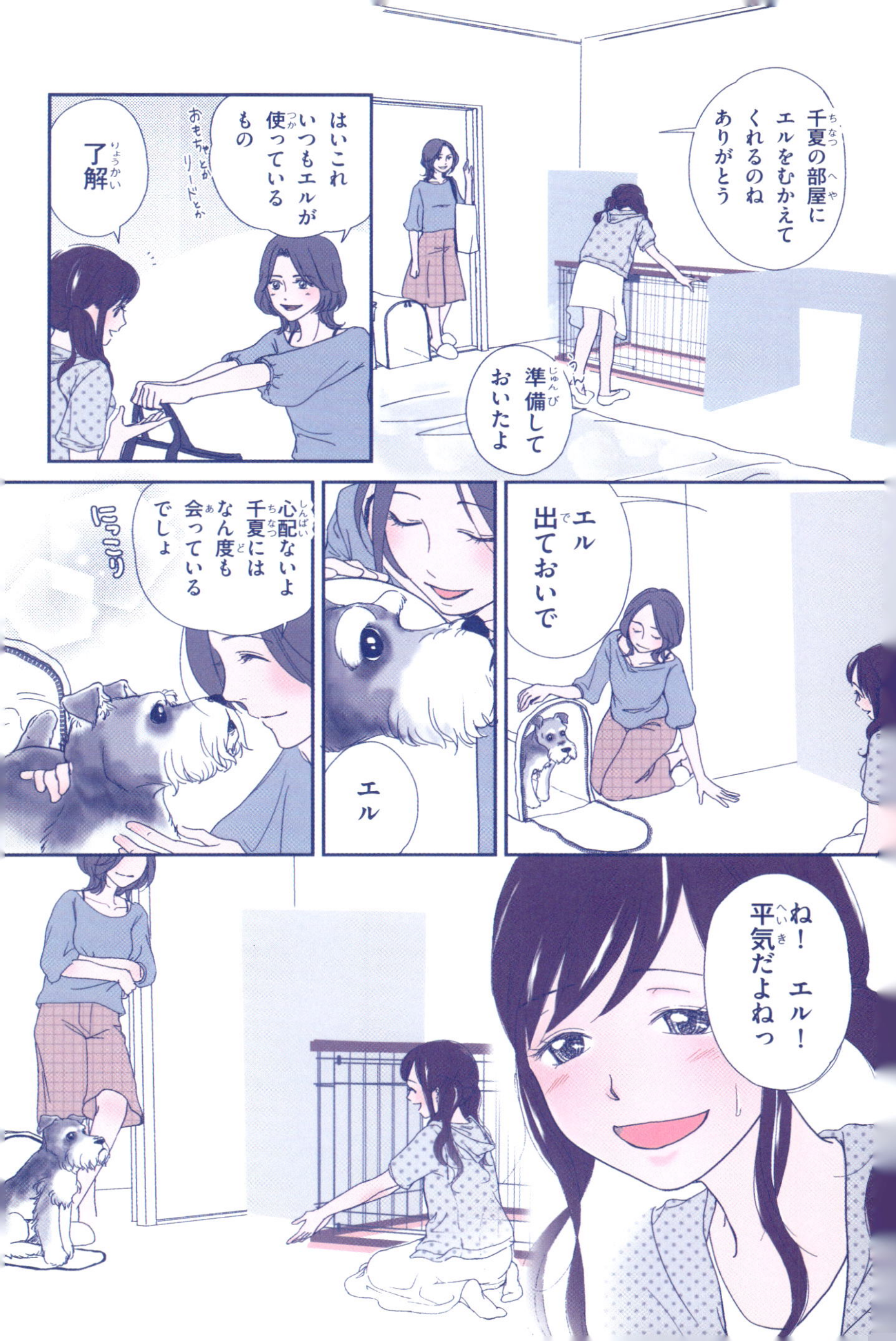

千夏《ちなつ》の部屋《へや》にエルをむかえてくれるのねありがとう
うん
準備《じゅんび》しておいたよ
はいこれいつもエルが使《つか》っているもの
おもちゃとかリードとか
了解《りょうかい》
エル 出《で》ておいで
エル
心配《しんぱい》ないよ千夏《ちなつ》にはなん度《ど》も会《あ》っているでしょ
にっこり
ね！ エル！ 平気《へいき》だよねっ

とこ とこ とこ。
エル!
ホッ
千夏《ちなつ》……
ちょっと私《わたし》泣《な》いちゃいそうだから……これで帰《かえ》るわ あとよろしくね
うん だいじょうぶ 亜矢《あや》おばさん 安心《あんしん》してね
ううっ それじゃあ エル いい子《こ》でね
パタン…
!
エル…… いい子《こ》いい子《こ》
そわ
そわ

じゃ　お姉《ねえ》ちゃん
よろしくね！
うん
またね！
ガチャン…
！
ワンッッ!!
キャウー…ン
クゥーン
数時間後《すうじかんご》――
コンコン
エルの様子《ようす》
どう？
それが
さっきから
ずっとこんな
感《かん》じで
出《で》てこなく
なっちゃった

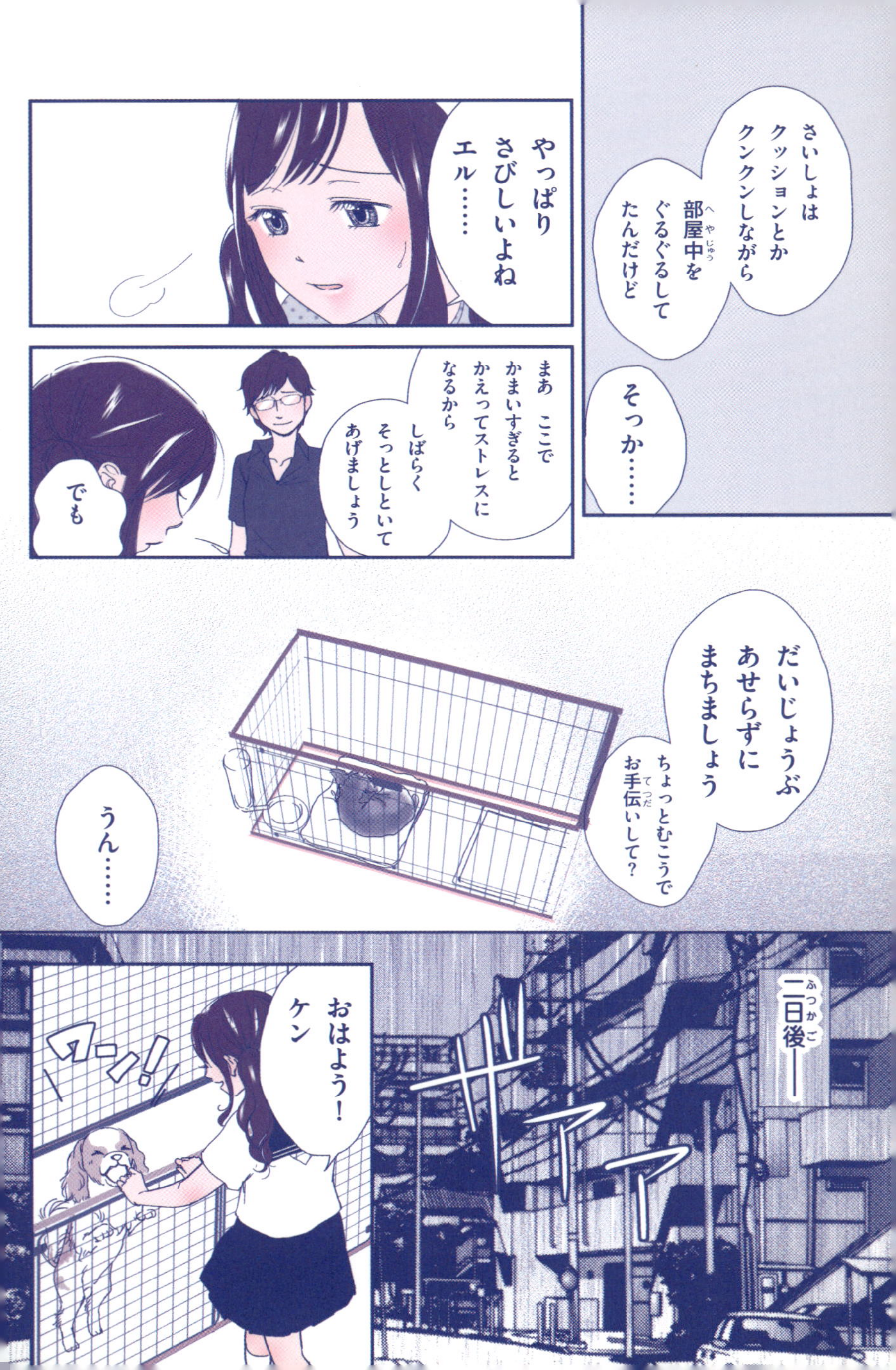
さいしょはクッションとかクンクンしながら部屋中《へやじゅう》をぐるぐるしてたんだけど
そっか……
やっぱりさびしいよねエル……
まあ ここでかまいすぎるとかえってストレスになるから
しばらくそっとしといてあげましょう
でも
だいじょうぶあせらずにまちましょう
ちょっとむこうでお手伝《てつだ》いして?
うん……
二日後《ふつかご》——
ザァァァ
おはよう!ケン
ワーン!

エル……
昨日《きのう》もずっと鳴《な》いてたよ
ねむ…
ふぁあ
たいへんだったね
環境《かんきょう》が変《か》わったワンちゃんの夜鳴《よな》きはよくあることみたいよ
そうみたいだね
それにかみなりもすごかったしこわかったんじゃないかな……
ずっとすみっこでふるえてたから背中《せなか》なでてあげたの
今《いま》は寝《ね》てる
そう ありがとね
わたし……何《なに》をしてあげられるのかな……
そうね 昼間《ひるま》いっぱいあそんであげたりお散歩《さんぽ》につれていったりしてストレスをへらしてあげることかな
ん……
ま 夕方《ゆうがた》まではママにまかせて学校《がっこう》に行《い》ってきなさい！
ニコッ

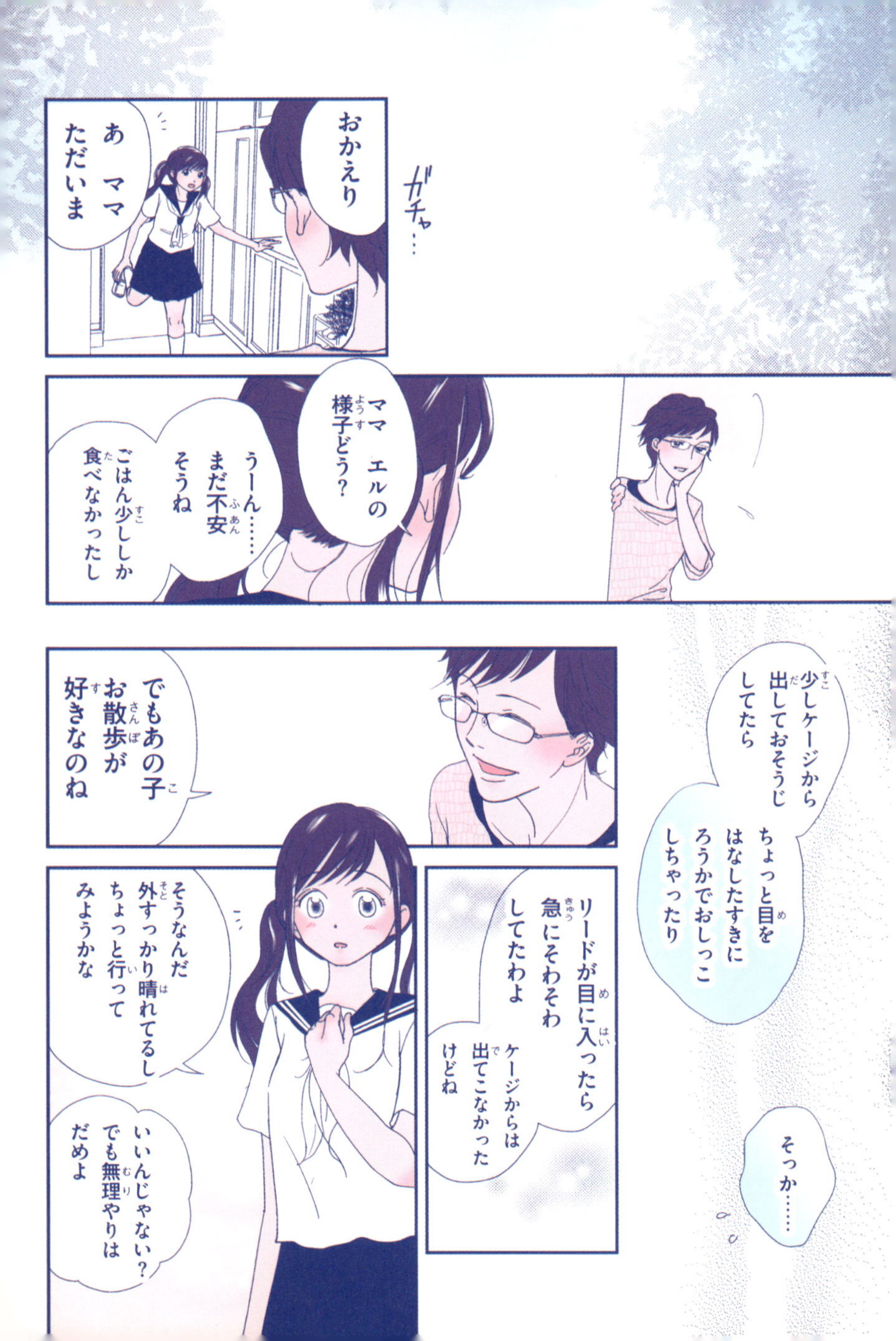
ガチャ…
おかえり
あ　ママ　ただいま
ママ　エルの様子《ようす》どう？
うーん……まだ不安《ふあん》そうね
ごはん少《すこ》ししか食《た》べなかったし
少《すこ》しケージから出《だ》しておそうじしてたら
ちょっと目《め》をはなしたすきにろうかでおしっこしちゃったり
でもあの子《こ》お散歩《さんぽ》が好《す》きなのね
そっか……
リードが目《め》に入《はい》ったら急《きゅう》にそわそわしてたわよ
ケージからは出《で》てこなかったけどね
そうなんだ　外《そと》すっかり晴《は》れてるしちょっと行《い》ってみようかな
いいんじゃない？でも無理《むり》やりはだめよ

エル！
ただいま！
ガサ
ゴソ
エル！
ほらお散歩《さんぽ》
行《い》こっか♪
行《い》きたい
でしょう？
お外《そと》
晴《は》れてて
気持《きも》ちいいよ！
そ。。。

そうそう
だいじょうぶ
出《で》ておいで……
エル！
エル……
ママお散歩《さんぽ》
行《い》ってくるね
ぎゅ
えらいねエル！
がんばったね！
行《い》けそう？
ん～～♡
エル～～出《で》て
これたの～～
ケンの散歩《さんぽ》は
あとでね
もう少《すこ》し
したらママが
つれていって
あげるわよ

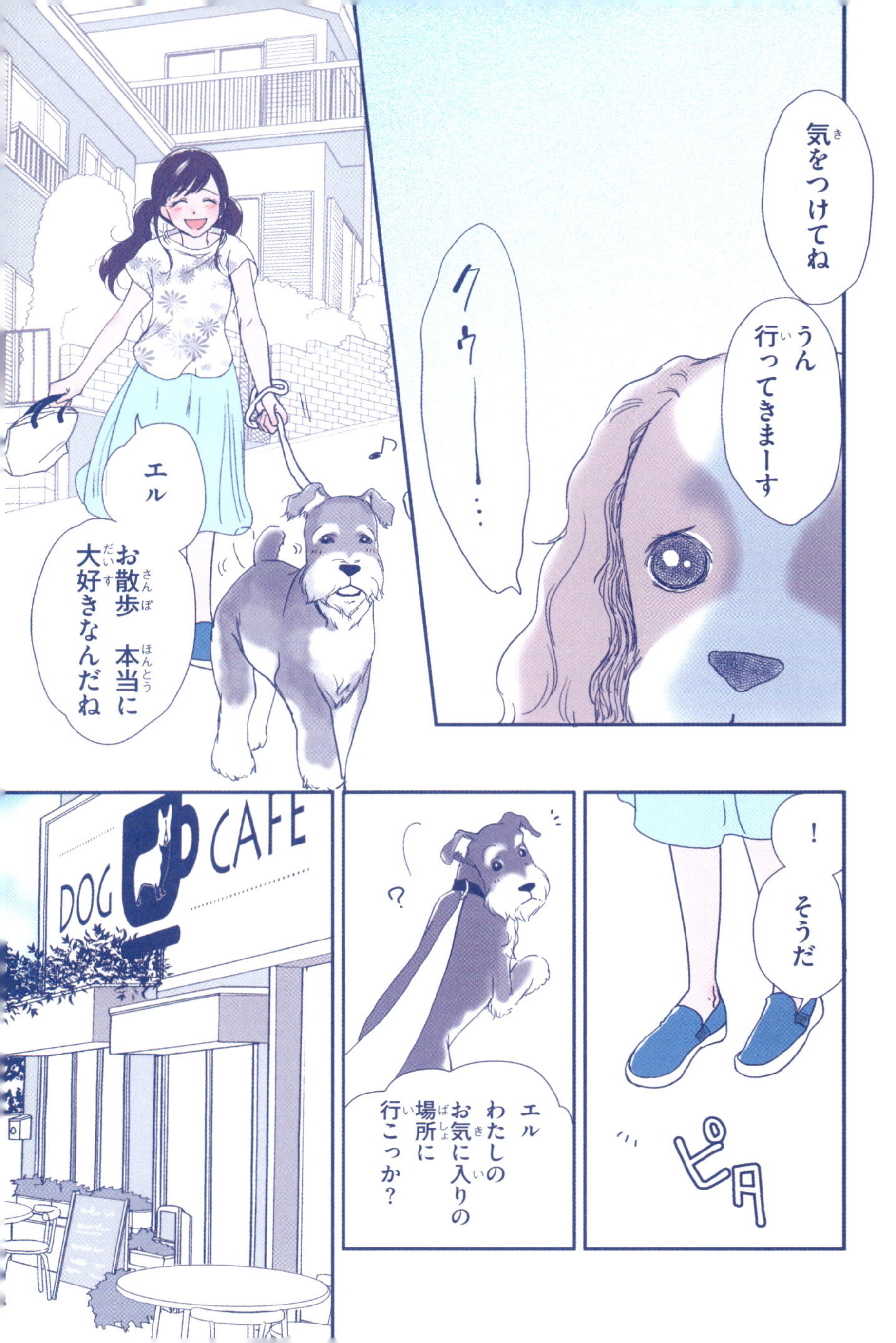

気《き》をつけてね
うん 行《い》ってきまーす
クゥーー…
エル
お散歩《さんぽ》 本当《ほんとう》に 大《だい》好《す》きなんだね
!
そうだ
ピタ
?
エル わたしの お気《き》に入《い》りの 場所《ばしょ》に 行《い》こっか?
DOG CAFE

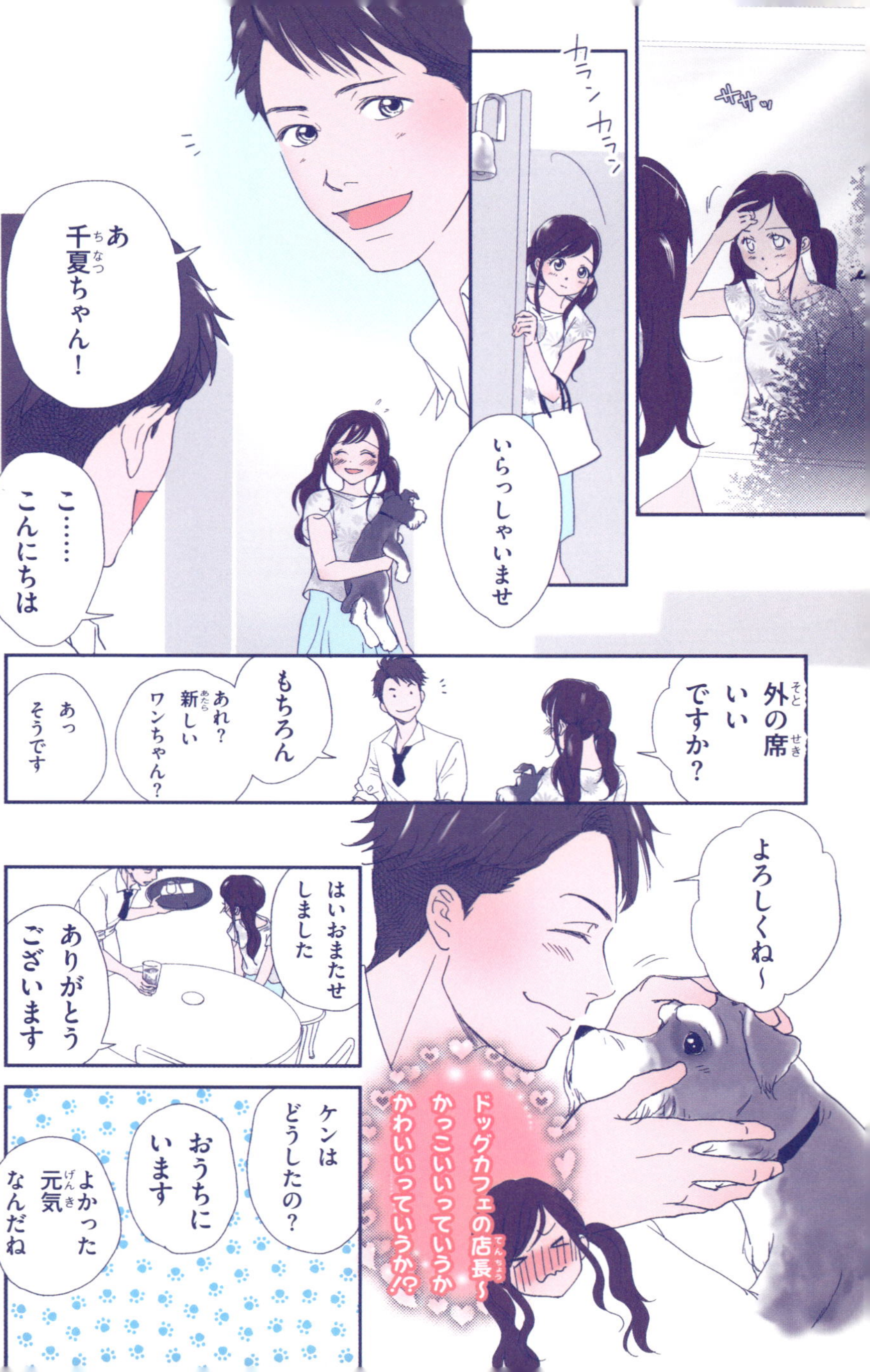

サナッ
カランカラン
いらっしゃいませ
あ千夏《ちなつ》ちゃん！
こ……こんにちは
外《そと》の席《せき》いいですか？
もちろん
あれ？新《あたら》しいワンちゃん？
あっそうです
よろしくね～
はいおまたせしました
ありがとうございます
ドッグカフェの店長《てんちょう》～かっこいいっていうかかわいいっていうか!?
ケンはどうしたの？
おうちにいます
よかった元気《げんき》なんだね

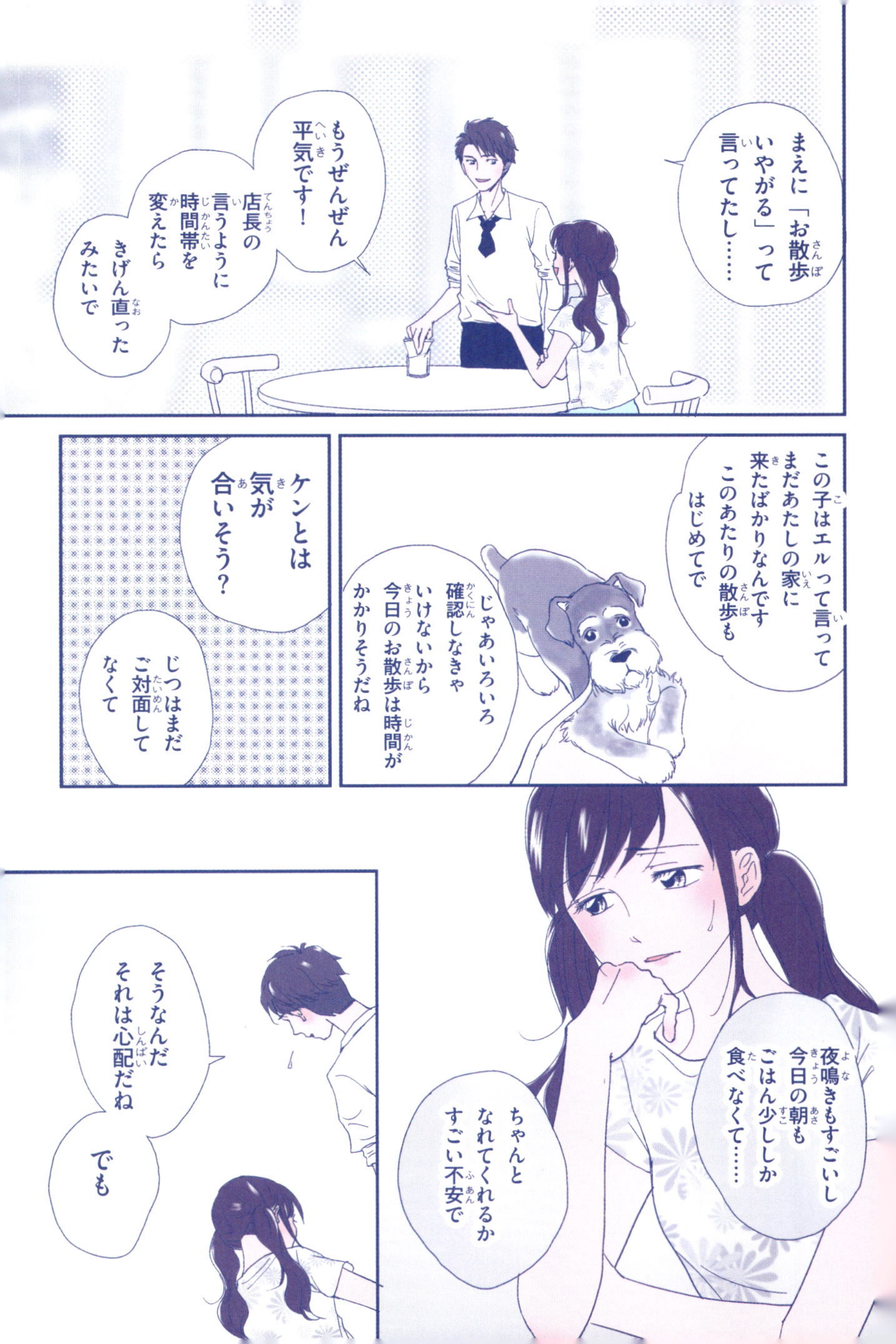
まえに「お散歩《さんぽ》いやがる」って言《い》ってたし……
もうぜんぜん平気《へいき》です！
店長《てんちょう》の言《い》うように時間帯《じかんたい》を変《か》えたらきげん直《なお》ったみたいで
この子《こ》はエルって言《い》ってまだあたしの家《いえ》に来《き》たばかりなんですこのあたりの散歩《さんぽ》もはじめてで
じゃあいろいろ確認《かくにん》しなきゃいけないから今日《きょう》のお散歩《さんぽ》は時間《じかん》がかかりそうだね
ケンとは気《き》が合《あ》いそう？
じつはまだご対面《たいめん》してなくて
夜鳴《よな》きもすごいし今日《きょう》の朝《あさ》もごはん少《すこ》ししか食《た》べなくて……
ちゃんとなれてくれるかすごい不安《ふあん》で
そうなんだそれは心配《しんぱい》だね
でも

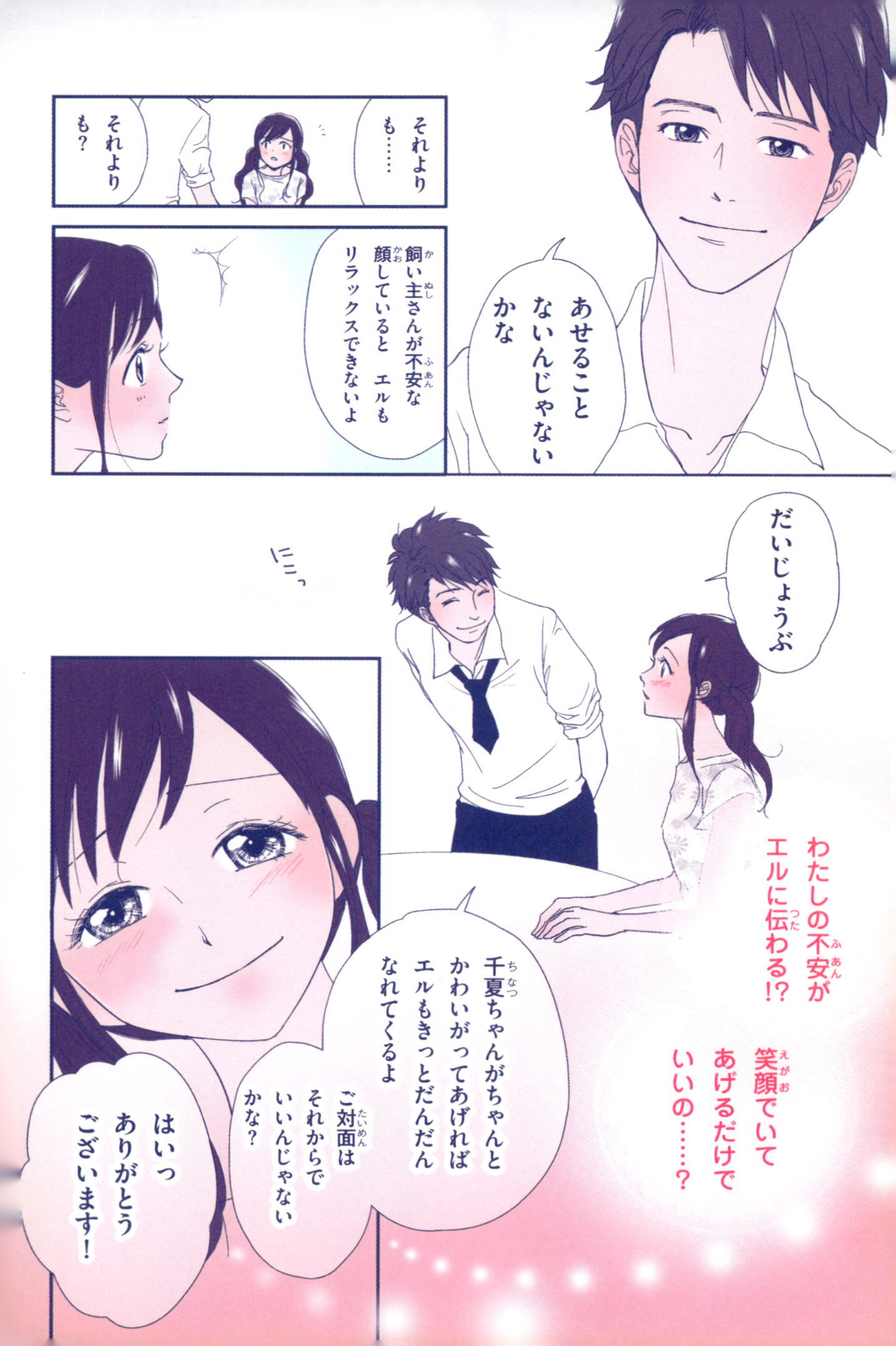
あせること ないんじゃない かな
それより も……
それより も?
飼《か》い主《ぬし》さんが不安《ふあん》な 顔《かお》していると エルも リラックスできないよ
だいじょうぶ
ニコッ
わたしの不安《ふあん》が エルに伝《つた》わる!?
笑顔《えがお》でいて あげるだけで いいの……?
千夏《ちなつ》ちゃんがちゃんと かわいがってあげれば エルもきっとだんだん なれてくるよ
ご対面《たいめん》は それからで いいんじゃない かな?
はいっ ありがとう ございます!

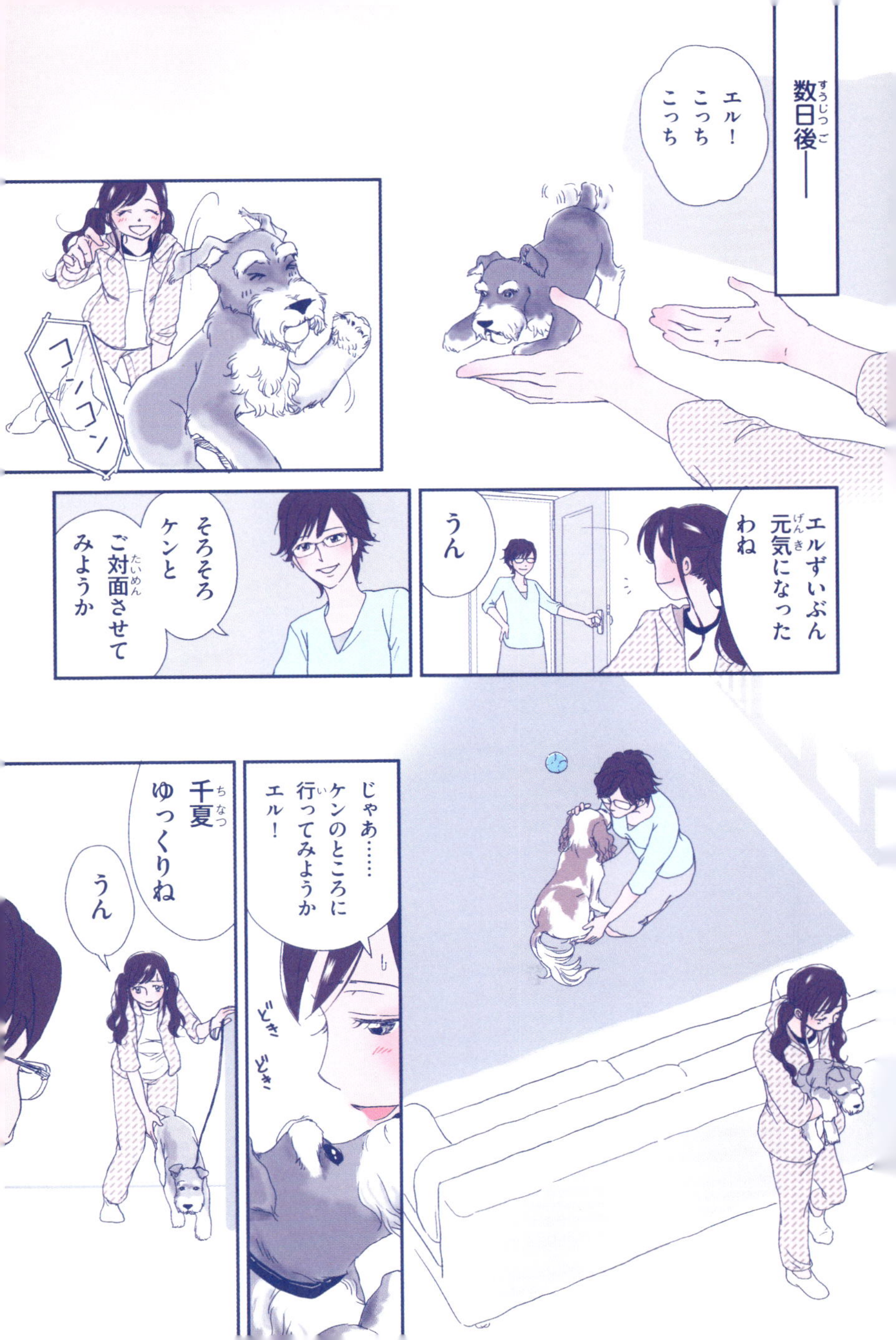
数日後《すうじつご》——
エル！こっちこっち
コンコン
エルずいぶん元気《げんき》になったわね
うん
そろそろケンとご対面《たいめん》させてみようか
じゃあ……ケンのところに行《い》ってみようかエル！
どきどき
千夏《ちなつ》ゆっくりね
うん

ウロ
ウロ
ぐる
ぐる
くん
くん
くん
くん
どっちも いやがっては いないみたい
そうね ひとまず成功《せいこう》 ……かな？
でも しばらくは 注《ちゅう》意《い》深《ぶか》く 見《み》まもって
ガルッ
！
グルルルル
ガタッ
ちょっ ちょっと エル！ ケン！ やめてっ！
ワンワンッ
ウゥゥ
千夏《ちなつ》 エルを 部屋《へや》へつれて いって！
う うんっ

ワン
ワンッ!
ワンッ!!
この日《ひ》から
エルとケンは
けんかばかり
顔《かお》を合《あ》わせれば
うなり声《ごえ》をあげる
ようになって……
はあ 今日《きょう》の
お散歩《さんぽ》も
エルとだけか
いっしょに
お散歩《さんぽ》
するのは
夢《ゆめ》のまた夢《ゆめ》
かな……
はあ…
ぐいっ
わん!
!
エル
どうしたの?

はぁ
あ……ドッグカフェ寄《よ》っていこうかな
いやされたい…
あ いらっしゃいひさしぶり！
今日《きょう》もエルとお散歩《さんぽ》なんだね
じつはエルとケンがなかよくならなくて……
会《あ》えばけんかしちゃうからお散歩《さんぽ》はまだ……
しゅん…
上下《じょうげ》関係《かんけい》？
もしかしたら上下《じょうげ》関係《かんけい》を決《き》めている段階《だんかい》なのかもね
犬《いぬ》には犬《いぬ》の社会《しゃかい》ルールがあってどっちが上《うえ》か決《き》めないと安心《あんしん》して生活《せいかつ》できないんだ
リーダー
1
2
そうなの？

もしかして けんかを とちゅうで 止《と》めてる？
もちろん！ あぶないし
たしかに 多頭《たとう》飼《が》いを はじめるときに 先《さき》に飼《か》っている 犬《いぬ》を優先《ゆうせん》して 飼《か》い主《ぬし》さんが 立場《たちば》を教《おし》える 方法《ほうほう》も あるんだけど
はい わたしも その情報《じょうほう》を 見《み》て……
うん でもね ちゃんとけんかして どっちが上《うえ》か決《き》まれば そのうちけんか しなくなるよ
順位《じゅんい》決《ぎ》めも ごはんも散歩《さんぽ》も 犬《いぬ》の社会《しゃかい》のことは 犬《いぬ》にまかせるべきだと ぼくは思《おも》うんだ
けがしそうなほど こうふんしてたら 止《と》めないと いけないけど じゃれあいの延長《えんちょう》なら あえてほうっておいても いいんじゃないかな……
犬《いぬ》の社会《しゃかい》の ルール？
エルとケンの やりかたに まかせる…？

だってワンコって本当《ほんとう》にかしこいんだから
彼《かれ》らの能力《のうりょく》を信《しん》じてあげて
ワンッ
ほら
千夏《ちなつ》ちゃんが笑顔《えがお》になったらエルがよろこんでるよ
エル！
いつかケンとエル二頭《とう》で　ここに来《こ》られるといいね
はい！
店長《てんちょう》のアドバイス参考《さんこう》にしてみますありがとうございました!!
エルとケンを信《しん》じてまかせる……
不安《ふあん》はあるけどつぎは思《おも》いきってためしてみよう！

よし
?
そ…
…ピクッ
くん
くん
ガバッ
ヴヴ〜ヴルルルッ
!
バタバタ…
ちょっと！
ほっといて
いいの!?
ん　ちゃんと
見《み》てるから
まかせといて

一か月後《げつご》——
ワンッ
ワッ!
あっ
ぐぐぐっ
コラ
コラ
コラ!
これであそんじゃだめだって言《い》ったでしょ!
ボロッ
ふぃっ
しょぼん
タオル

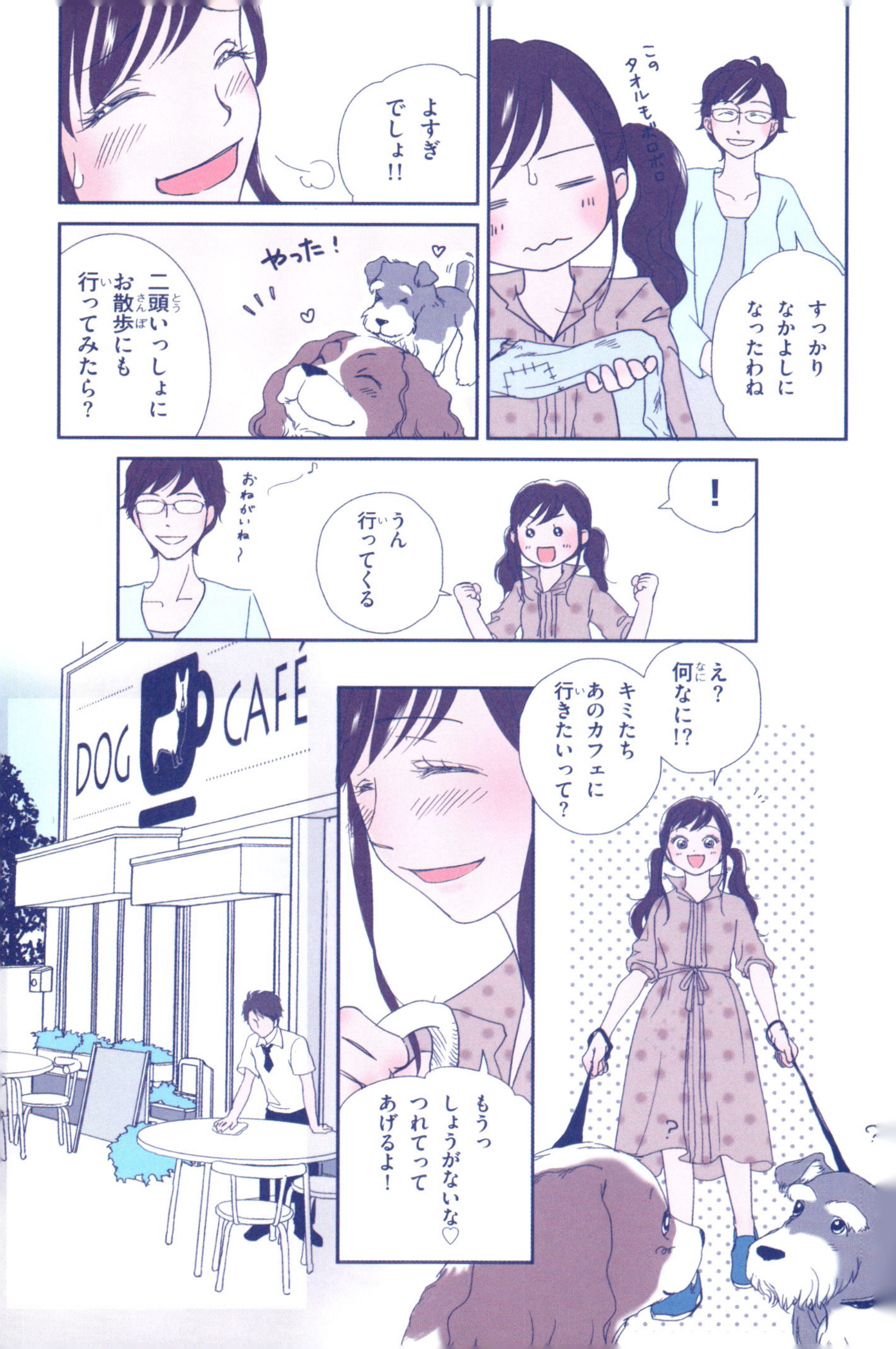
このタオルもボロボロ
すっかりなかよしになったわね
よすぎでしょ!!
やった!
二頭《とう》いっしょにお散歩《さんぽ》にも行《い》ってみたら?
!
うん行《い》ってくる
おねがいね~♪
え?何《なに》なに!? キミたちあのカフェに行《い》きたいって?
?
?
もうっしょうがないな♡つれてってあげるよ!
DOG CAFÉ

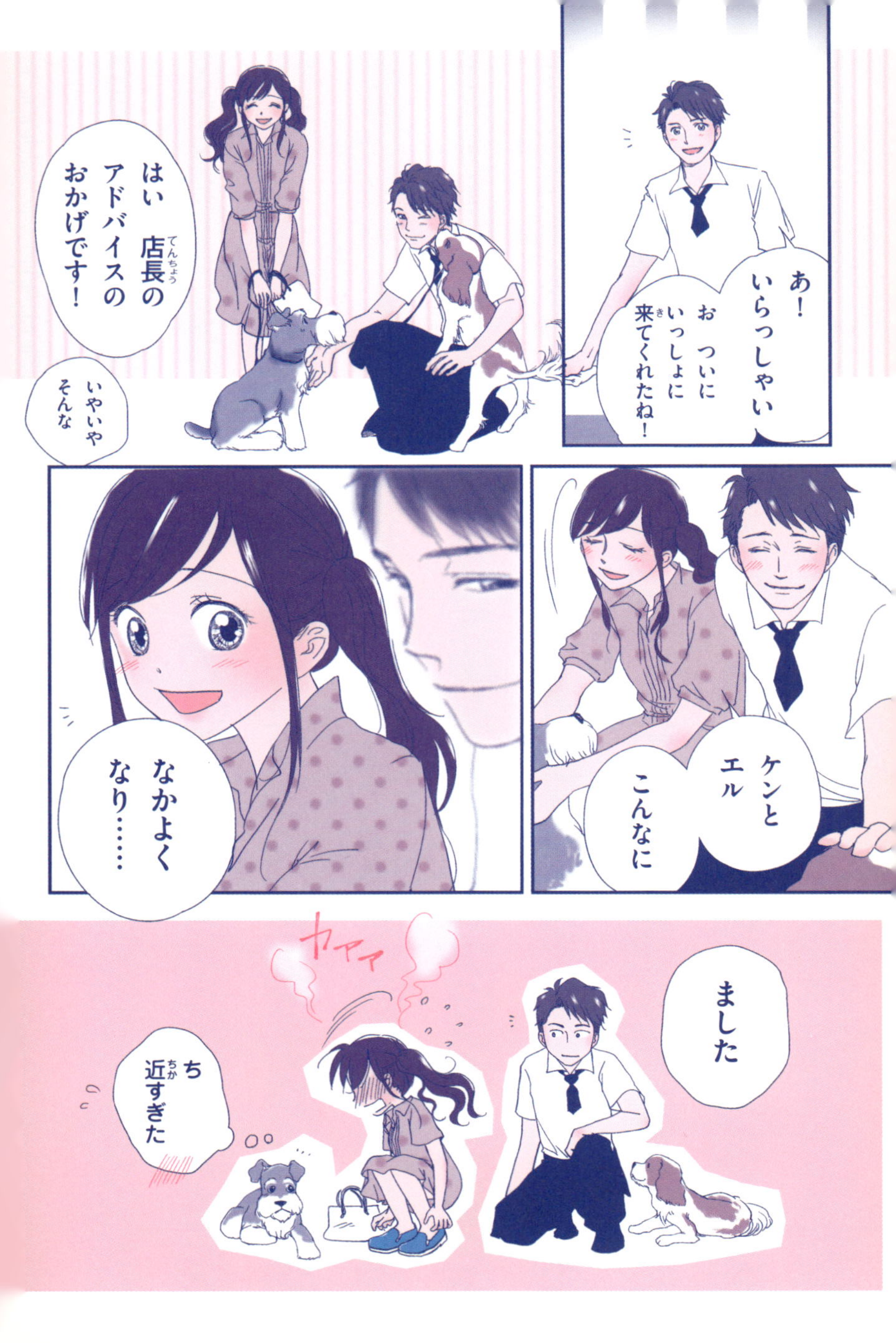
あ! いらっしゃい
お ついに いっしょに 来《き》てくれたね!
はい 店長《てんちょう》の アドバイスの おかげです!
いやいや そんな
ケンと エル こんなに
なかよく なり……
ました
カァァ
ち 近《ちか》すぎた

ほ……ほら すわって すわって！
パッ
今日《きょう》のご注文《ちゅうもん》は 何《なに》にしますか？
まっか。
エルとケンの おかげで わたしも何《なに》かが はじまりそう♡
ありがとう！ エル♡ ケン♡

ぼくがかなしい気《き》もちのとき
ぼくがうれしい気《き》もちのとき
どんなときでも、
おまえの態度《たいど》は、変《か》わらない
ただ、おだやかな顔《かお》で、ぼくを見《み》ているだけ
でも、それだけでじゅうぶん
ぼくの気《き》もちは、きっとおまえに伝《つた》わってる

心《こころ》のおくまでは
わからないけど
きずなはきっと
つながってる
だってぼくとおまえは
もう、友《とも》だち、なんだから

気《き》になるコトは
どうぶつたちとチェック!!

友《ゆう》情《じょう》と恋《こい》の どうぶつ 心《しん》理《り》テスト

あなたの友《とも》だちとの関係《かんけい》は？　好《す》きな人《ひと》との運命《うんめい》は？
どうぶつに関係《かんけい》した心理《しんり》テストで、
いろいろチェックしてみよう!!

イラスト／青空瑞希《あおぞらみずき》
占《うらな》い監修《かんしゅう》／阿雅佐《あがさ》

引用文献／ピチレモンブックス『ぜ〜んぶあたる!! おしゃれ心理テスト』（学研）

テスト1

あなたにとって、友《とも》だちって何《なに》?
窓《まど》の外《そと》にいたのは……?

雨上《あめあ》がりの朝《あさ》。窓《まど》をあけたら、
ある生《い》きものが目《め》に入《はい》ってきたよ。
それはいったいどんな生《い》きものだったと思《おも》う?

A 小鳥《ことり》

B 犬《いぬ》

C カメ

D 猫《ねこ》

結果《けっか》はつぎのページを見《み》てね!

このテストでわかるのは…

テスト1 あなたにとって、友《とも》だちとは？

A 先生《せんせい》みたいな存在《そんざい》

あなたにとって友《とも》だちは、いろんなことを教《おし》えてくれる先生《せんせい》みたいな存在《そんざい》だよ。「それはやっちゃだめだよ」「さいきん、すごくよくなったじゃん」なんて、日直《にっちょく》ノートの先生《せんせい》コメントみたいなことを言《い》われると、どこか安心《あんしん》しちゃうのはそのせいかも♪

B ふたごみたいな存在《そんざい》

あなたにとって友《とも》だちは、自分《じぶん》とめちゃ似《に》てるふたごみたいな存在《そんざい》だよ。「そろそろ××したいな〜」なんて思《おも》ってたときに、相手《あいて》から同《おな》じようなことを言《い》われてびっくりしちゃうことも。ノリやフィーリングがぴったりだから、いっしょにいて楽《たの》しいよ。

C ママみたいな存在《そんざい》

あなたにとって友《とも》だちは、やさしくてあったかいママみたいな存在《そんざい》だよ。つらいときにだまって手《て》をにぎってくれたり、他《ほか》の友《とも》だちに誤解《ごかい》されちゃったとき「わたしが言《い》ってきてあげる」ってめんどうをみてくれたり。いっぱい感謝《かんしゃ》しなくちゃね☆

D 妹《いもうと》みたいな存在《そんざい》

あなたにとって友《とも》だちは、素直《すなお》でかわいい妹《いもうと》みたいな存在《そんざい》だよ。あなたがすることに、いつもきょうみしんしんで、「それなぁに？」「ええーっ、スゴイ！」って、大《おお》きなひとみをクルクル。いつもあとをついてきてくれるから、ほうっておけないよ。

テスト2

あなたは友《とも》だちを、本当《ほんとう》はどう思《おも》ってる!?

あなたがペットにつけたい名前《なまえ》は?

あなたは今《いま》、これから家《いえ》にやってくる
ペットの名前《なまえ》をどうするか、なやんでるよ。
もしつけるとしたら、つぎのうちどれをえらぶ?

A ラブ

B スマイル

C クール

D ミー

結果《けっか》はつぎのページを見《み》てね!

このテストでわかるのは…

テスト2 あなたの友《とも》だち思《おも》い度《ど》!

A 友《とも》だち思《おも》い度《ど》 88% 仲《なか》間《ま》大《だい》好《す》きガール

あなたはデリケートな女《おんな》の子《こ》。友《とも》だちのことは大《だい》好《す》きだし、なかよくしていきたいって思《おも》ってるよ。新《あたら》しい友《とも》だちもほしいけど、気《き》のあうコだけでじゅーぶんって決《き》めてるところも。もう少《すこ》し大胆《だいたん》になってみると世界《せかい》が広《ひろ》がるよ☆

B 友《とも》だち思《おも》い度《ど》 96% みんなとなかよしガール

あなたはやさしい気《き》くばりじょうず。いつもみんなの気《き》もちを考《かんが》えて、楽《たの》しい空気《くうき》を作《つく》ろうと努力《どりょく》してるよ。気《き》のあうコだけじゃなく、他《ほか》の女《おんな》の子《こ》にもやさしくしてあげたいって気《き》もちの強《つよ》い人《ひと》。だからみんなに好《す》かれるんだね。

C 友《とも》だち思《おも》い度《ど》 54% きっちりしっかりガール

あなたは、人《ひと》は人《ひと》、自分《じぶん》は自分《じぶん》って感《かん》じのマイペースタイプ。友《とも》だちのことはだいじだけど、だからっていつもべったりしてるのはあんまり好《す》きじゃないよ。しっかり考《かんが》えてつきあうから、友《とも》だちからはクールなコだと思《おも》われてるかも。

D 友《とも》だち思《おも》い度《ど》 41% 自《じ》分《ぶん》大《だい》好《す》きガール

あなたはあまえんぼうタイプ。悪《わる》気《ぎ》はないけど、友《とも》だちより自分《じぶん》をだいじにしちゃうところがあるね。ひとつしかないケーキを見《み》たら、「友《とも》だちとわけっこするの、いやだなぁ」って思《おも》っちゃったり。もうちょっと大人《おとな》になれるといいね☆

テスト3

あなたのことを、まわりはどう見《み》ている？

ライオンとクマがひそひそ話《ばなし》をしているよ！

ある日《ひ》の夜《よる》、ライオンとクマが
ひそひそ話《ばなし》をしていたよ。
さて、いったいなんて言《い》っていたと思《おも》う？

A なんかいいことないかな～

B そのたてがみ、かっこいいね！

C 足《あし》のうらが、あれちゃってさ……

D カノジョできたって、ホント！？

結果《けっか》はつぎのページを見《み》てね！

このテストでわかるのは…

テスト3

あなたが友《とも》だちからどう見《み》られているか！

A 天然《てんねん》ガール

あなたは、楽《たの》しい天然《てんねん》キャラだと思《おも》われてるよ。なんでもないときの素《す》のひとことが、友《とも》だちのツボに、みょうにはまったりするみたい。自分《じぶん》ではそれがふつうだから、けっこうおいしいポジションかも!? これからも変《か》わらずに、今《いま》のまんまでいてあげて☆

B 社交家《しゃこうか》ガール

あなたは、頭《あたま》の回転《かいてん》が速《はや》い美少女《びしょうじょ》だと思《おも》われてるよ。あなたがいてくれると話題《わだい》にこまることがないし、どんなメンバーで話《はな》していても、楽《たの》しいノリでトークがすすんでいくから、感謝《かんしゃ》されているみたい。女《おんな》の子《こ》からも男《おとこ》の子《こ》からもモテるはずだよね！

C まじめガール

あなたは、なんでもきちんとがんばる女《おんな》の子《こ》だと思《おも》われてるよ。どんなことにも手《て》ぬきしないで、まっすぐ取《と》りくんでいくところが尊敬《そんけい》されてるみたい。でもたまにおもしろいこと言《い》ったりするから、友《とも》だちには「ギャップがいいよね」って好評《こうひょう》だよ。

D 好奇心《こうきしん》ガール

あなたは、好奇心《こうきしん》がめちゃおうせいな女《おんな》の子《こ》だと思《おも》われてるよ。いつでも感性《かんせい》のアンテナをはりめぐらせて、楽《たの》しいこと、おもしろそうなことをチェック。だれよりも情報《じょうほう》ツウで、みんなにいろいろ教《おし》えてくれるから、「すごいよね」って評判《ひょうばん》になっているよ♪

テスト4

あなたって、いつ、どんな人《ひと》を好《す》きになるの？

人《にん》気《き》のどうぶつバッグは、どんなデザイン？

あなたは今《いま》、大人気《だいにんき》ショップでお買《か》いものをしているよ。このショップ、どうぶつデザインのバッグがかわいいってことで、人気《にんき》なんだけど、それはいったいどんなもの？

A いろんな鳥《とり》の顔《かお》がデザインされたバッグ

B まんなかに犬《いぬ》の絵《え》がえがかれたバッグ

C クマの形《かたち》になったかわいいバッグ

D 猫《ねこ》の手《て》のチャームがついた猫《ねこ》バッグ

結果《けっか》はつぎのページを見《み》てね！

このテストでわかるのは…

テスト4

あなたが恋《こい》におちるしゅんかん！

A かっこいいカレのすがたを見《み》たとき

あなたが恋《こい》におちるのは、カレが部活《ぶかつ》や生徒会《せいとかい》で活《かつ》やくしてるのを見《み》たとき。「サッカーがうまい！」「学校《がっこう》で、だれよりも頭《あたま》がいい！」など、キラキラかがやくカレのすがたを意識《いしき》しちゃうと、ついクラッときちゃうよ。

B 男《おとこ》らしく強引《ごういん》に指示《しじ》されたとき

あなたが恋《こい》におちるのは、カレに強《つよ》い口調《くちょう》で何《なに》か言《い》われたり、指示《しじ》されたとき。「こっち来《こ》いよ」「だめじゃないか、そんなんじゃ」なんてビシッと言《い》われると、「カレってたよりになるんだ♥」って、胸《むね》がキュンとしちゃうよ。

C とつぜんやさしくされたとき

あなたが恋《こい》におちるのは、今《いま》までふつうだと思《おも》ってたカレに、ふとやさしくされたとき。けんか友《とも》だちだったカレが、なんとなく元気《げんき》がないあなたを見《み》て、「おい、だいじょうぶか」って言《い》ってくれたら、ハートに矢《や》がささっちゃうよ♥

D ライバルの存在《そんざい》に気《き》がついたとき

あなたが恋《こい》におちるのは、友《とも》だちから「あたし、○○くんが好《す》きなんだ」って聞《き》かされたとき。今《いま》まで意識《いしき》してなかったカレなのに、ふいに「どうしよう⁉」ってあせりだしちゃいそう。それって、カレのことを好《す》きな証拠《しょうこ》だよ。

テスト5

あなたの運命《うんめい》の人《ひと》、いつ出会《であ》えるのかな……!?

動物園《どうぶつえん》にあそびに来《き》たよ!!

あなたは今《いま》、友《とも》だちと動物園《どうぶつえん》に来《き》ているよ。
これからどんなどうぶつに会《あ》えるか、ドキドキ♪
ところで、ここまで来《く》るのにどれくらいかかった?

A 1時間《じかん》

B 2時間以上《じかんいじょう》

C 30分《ふん》くらい

D 5分《ふん》もかからない

結果《けっか》はつぎのページを見《み》てね!

このテストでわかるのは…

テスト5 あなたが恋人《こいびと》をゲットする時期《じき》!

A あと数《すう》か月《げつ》!

あなたが恋人《こいびと》ゲットまでにかかる時間《じかん》は、あと数《すう》か月《げつ》くらい。いつになったら恋人《こいびと》ができるのかな～って思《おも》っているうちに、気《き》づいたらだんだんいい感《かん》じになってくる相手《あいて》が出《で》てくるはずだよ。あせらずにこのまま、ふつうに過《す》ごしていればきっとだいじょうぶ♥

B あと1年以上《ねんいじょう》!

あなたが恋人《こいびと》ゲットまでにかかる時間《じかん》は、あと1年以上《ねんいじょう》。残念《ざんねん》ながら、恋人候補《こいびとこうほ》はまだいないみたいだね。今《いま》はまだ、「カレシがほしい!」ってそんなに思《おも》ってないのかも。進級《しんきゅう》したり、ならいごとを新《あたら》しくはじめたりするあいだに、自然《しぜん》とよい相手《あいて》があらわれそう。

C もうそろそろ!

あなたは、あと少《すこ》ししたら恋人《こいびと》をゲットできそう。今《いま》、気《き》になってる相手《あいて》がいるなら、しんちょうにアプローチをかけてみて。とくに相手《あいて》がいない人《ひと》は、近《ちか》いうちにだれかから告白《こくはく》されちゃう可能性《かのうせい》が高《たか》いから、アンテナ立《た》ててまっていようね♪

D 今週《こんしゅう》あたり!

あなたは今《いま》まさに、恋人《こいびと》ゲット直前《ちょくぜん》! て言《い》うか、じつはもう告白《こくはく》されていて、返事《へんじ》をどうしようか、まよっているんじゃないかな?そのカレは悪《わる》い人《ひと》じゃないから、ＯＫ《オーケー》してもよさそう。もちろん、あなたから他《ほか》の男《おとこ》の子《こ》に、サクッと告白《こくはく》しちゃうのもアリだよ♥

心《こころ》やさしくなる どうぶつのお話《はなし》

第《だい》8話《わ》 リオンとまえに進《すす》もう

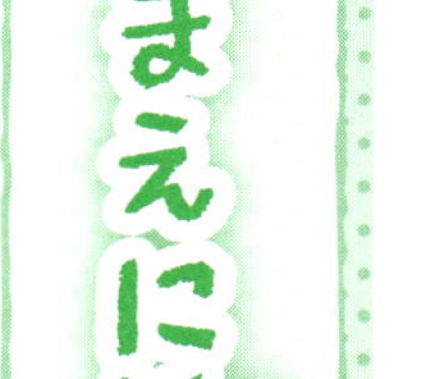

「まあ、また成績《せいせき》上《あ》がってるじゃない。よくがんばったわね、唯亜《ゆあ》」

三学期《がっき》の期末《きまつ》テストの結果《けっか》を見《み》ながら、ママは満足《まんぞく》そうにほほえんでいた。あたしも、正直《しょうじき》、うれしかったし、心《こころ》の中《なか》は笑顔《えがお》でいっぱいだった。でも、それだけじゃない……。

これでやっと、あのことをママにどうどうとお願《ねが》いできるんだ……そう思《おも》ったあたしは、今《いま》がチャンスとばかりに、猫《ねこ》なで声《ごえ》でママにすりよる。

「ねえ、ママ～」

ママはすぐにあたしが何《なに》を言《い》おうとしているのかわかったみたいで、テストの結果《けっか》をかえしながら、きっぱりと言《い》いはなつ。

「モルモットならだめよ」

「え〜、そんな！　なん回《かい》もお願《ねが》いしてるじゃん。もうそろそろ……」

「だめと言《い》ったらだめなの！」

あたしはがっくりとうなだれた……こんな攻防戦《こうぼうせん》を、もう四年《ねん》も続《つづ》けている。

小学《しょうがく》五年生《ねんせい》のとき、遠足《えんそく》で行《い》った動物園《どうぶつえん》のふれあい広場《ひろば》。そこであたしは、はじめてモルモットという動物《どうぶつ》に出会《であ》った。ひざの上《うえ》にのせると、ホワホワしてやわらかくて、ほんわかあったかい。

〔なっ、なんてかわいいのっ！〕

その衝撃《しょうげき》がわすれられなくて、そのときから、あたしはずーっとママにモルモットを飼《か》いたいとお願《ねが》いしているのだけれど、答《こた》えはいつもおんなじだった。

あたしはがっくりと肩《かた》をおとし、自分《じぶん》の部屋《へや》にひきあげるしかなかった……。

★☆★☆★☆★☆

「天《あま》の原《はら》ふりさけ見《み》れば……」

ママの声《こえ》を聞《き》きながら、あたしはリビングのゆかにならべられている百人一首《ひゃくにんいっしゅ》の札《ふだ》に、いきおいよく手《て》をのばした。

「はいっ！」

あたしが札《ふだ》を取《と》るたび、あたしのまえにすわっている妹《いもうと》の愛莉《あいり》が不《ふ》きげんになる。

「もうっ、ぜんぜん取《と》れない！　おもしろくない！　やめたっ！」

「何《なに》おこってるのよ、愛莉《あいり》が弱《よわ》すぎるんでしょ」

「だって、お姉《ねえ》ちゃん、百人一首大会《ひゃくにんいっしゅたいかい》のクラス代表《だいひょう》なんでしょ。そんな強《つよ》い人《ひと》に勝《か》てるわけないいじゃん。中学二年生《ちゅうがくにねんせい》が小学六年生《しょうがくろくねんせい》相手《あいて》に本気《ほんき》になっちゃってさ」

あたしと愛莉《あいり》は、今《いま》からでも大《おお》げんかに発展《はってん》しそうなふんいきで、にらみあっていた。

「ねえ、ママ、いいこと思《おも》いついたんだけど……」

ちんもくをやぶったのは、ママだった。

「今度《こんど》の百人一首大会《ひゃくにんいっしゅたいかい》で唯亜《ゆあ》が優勝《ゆうしょう》できたら、モルモットを飼《か》うっていうのはどう?」

急《きゅう》な展開《てんかい》に、あたしは口《くち》をぽかんとあけたまま、言葉《ことば》が出《で》てこなかった。

「やめとく? どうする? 無理《むり》ならいいんだけど……」

「あっ、はいっ、優勝《ゆうしょう》します!」

そう言《い》ってから、あわててママに走《はし》りよる。

「いいの? 本当《ほんとう》に、本当《ほんとう》に、いいの?」

「ええ、優勝《ゆうしょう》したらね」

「やったー! 愛《あい》ちゃん、やった! モルモットがうちにくるよ」

「優勝《ゆうしょう》したらでしょ」

あきれ顔《がお》の愛莉《あいり》の言葉《ことば》なんて、もうあたしには聞《き》こえてなかった。

★☆★☆

「はいっっっ！」

さいごの札《ふだ》を取《と》ったあたしの大《おお》きい声《こえ》が、体育館中《たいいくかんじゅう》にひびく。あたしは見事《みごと》、優勝《ゆうしょう》を勝《か》ちとった。

ママに優勝《ゆうしょう》のあかしである賞状《しょうじょう》を見《み》せると、ママはあきれたような、おどろいたような顔《かお》をしてから、あたしのほほを両手《りょうて》ではさみ、じっと見《み》つめる。

「それだけの熱意《ねつい》があればだい

じょうぶね。もう中学生《ちゅうがくせい》なんだから、準備《じゅんび》からきちんと自分《じぶん》でやりなさい。おもちゃじゃないのよ。生《い》きものを飼《か》うっていうことがどういうことなのか、よく考《かんが》えてね」

そう言《い》うとママは、あたしに**『はじめての飼育《しいく》・モルモット』**という本《ほん》をくれた。

「これ……どうしたの？」

「もう買《か》ったのはずいぶんまえね。あなたがモルモットを飼《か》いたいって言《い》いはじめたころよ。あのときは小学生《しょうがくせい》にお世話《せわ》は無理《むり》かなって思《おも》ったけど、もうだいじょうぶよね」

「ありがとう、ママ」

あたしは、うれしさと同時《どうじ》に、生《い》きものを飼《か》うんだっていう、ずしっと重《おも》い責任感《せきにんかん》みたいなものを感《かん》じていた。

春休《はるやす》み、あたしはママがくれた本《ほん》をすみずみまで読《よ》んで、モルモットに関《かん》する知識《ちしき》を頭《あたま》の中《なか》につめこんだ。それと同時《どうじ》に、家《いえ》の近《ちか》くのペットショップのホームページを見《み》て、モルモットの入荷状況《にゅうかじょうきょう》をチェックする。必要《ひつよう》なものも、ぜんぶ買《か》いそろえた。

モルモットのおうちになるケージ。ケージに取《と》りつけられる給水《きゅうすい》ボトルや、ごはんを入《い》れる食器《しょっき》。ケージ内《ない》のゆかには、おしっこを吸収《きゅうしゅう》してくれるペットシーツをしいて、それをおおうように牧草《ぼくそう》をしきつめていく。さらにおうちの中《なか》に、小《ちい》さい小屋《こや》もおく。

おくびょうなモルモットは、せまいところにかくれると落《お》ちつくんだって。

いろいろ用意《ようい》しなきゃいけないんだなあ、と思《おも》ったけど、モルモットとの日々《ひび》をモーソーしながらそれらをそろえるのは、とっても楽《たの》しい作業《さぎょう》だった。

そして、準備《じゅんび》もととのって、春休《はるやす》みも終《お》わりに近《ちか》づいたころ、いつものペットショップのホームページで、かわいいモルモットの写真《しゃしん》がアップされているのを見《み》つけた。

「ママ、ついに出《で》たよ。この写真《しゃしん》の子《こ》、かわいいっ」

あたしはいきおいこんで、ママにむかってさけんだ。

「そうなの。よかったわね。見《み》にいっていらっしゃい」

(やった！　ついに、わが家《や》にモルモットがやってくる！)

ケージのおそうじのときにも便利《べんり》だからと買《か》っておいたキャリーケースから、あたしはしずかにモルモットを出《だ》した。ふわふわの毛《け》は、白《しろ》、黒《くろ》、茶《ちゃ》の三色《しょく》で、まるで三毛猫《みけねこ》みたいな柄《がら》をしている。

（もうっ、なんで、そんなにかわいいのぉ）

あたしは、そのままずっとだっこしていたいのをがまんして、モルモットをケージにうつした。すると、モルモットは、すぐに小屋《こや》の中《なか》に入《はい》ってしまう。

ペットショップには五匹《ひき》のモルモットがいたけど、あたしは一目《ひとめ》でこの子《こ》に決《き》めた♥

そう、この子《こ》はオスで、まだ生後《せいご》二か月《げつ》の赤《あか》ちゃん。名前《なまえ》はずーっとまえから決《き》めてた〝リオン〟。すてきなひびきでしょ。

こうしてあたしは、まちにまったモルモットを我が家《わがや》にむかえたのだけれど、でも、本当《ほんとう》にたいへんなのは、ここからだった。

そもそもモルモットは、とってもおくびょうで、人《ひと》になつきにくい生《い》きものって言《い》われている。だから、あたしにできるお世話《せわ》は、一日一回《にちかい》のケージのおそうじだけ。あとは、ケージに近《ちか》づかず、大《おお》きな音《おと》を出《だ》さず、とにかく見《み》まもることしかできなくて、モルモットのほうから、なれてくれるのをまつしかない。

これが、とにかくつらかった。

うちに来《き》た日《ひ》は、一日《にち》小屋《こや》から出《で》てきてもくれなかったし、三日目《みっかめ》になって、やっとごはんがちょっとだけへってたけど、あたしがいると顔《かお》も見《み》せてくれない。

一週間《しゅうかん》くらいして、ときどき小屋《こや》から顔《かお》を出《だ》すようになっても、ちょっともの音《おと》がするだけで、ビクッと体《からだ》をふるわせて小屋《こや》に入《はい》ってしまう。

なつきかたが、その子《こ》によってぜんぜんちがうっていうのは、本《ほん》を読《よ》んでわかってたけど、あたしはどんどんかなしい気《き》もちになっていった。

（あたしのこと、好《す》きじゃないのかな……）

リオンとなかよくなれないまま、あたしは新学期《しんがっき》をむかえた。クラスがえで、今《いま》までの友《とも》だちと、はなれちゃったせいもあり、あたしは新《しん》学期《がっき》がはじまって二週間《しゅうかん》が過《す》ぎても、クラスになじめないでいた……。

「ただいま、リオン」

リオンをおどかさないように小《ちい》さな声《こえ》で言《い》いながら、あたしはリオンのごはんのふくろをあけた。

すると、その音《おと》に反応《はんのう》したのか、

リオンがきゅうきゅうと泣《な》く。

(もしかして、おねだりしてるの?)

はじめての反応《はんのう》に、あたしの胸《むね》はきゅんとしめつけられた。

「かっ、かっ、かわいい……」

でも、あたしが背中《せなか》をなでようとすると、リオンはすぐに小屋《こや》にもどってしまう。

「はぁ……まだだめか……」

(そうだよね。いきなり知《し》らないところにつれてこられて、すぐになれろなんて言《い》われたって……無理《むり》だよね……)

そこで、あたしはハッとする。

(あたしも同《おな》じじゃん……)

あたしも、新《あたら》しいクラスという、知《し》らない環境《かんきょう》におびえていた。

リオンがうちに来《き》て、今日《きょう》で二週間《しゅうかん》……少《すこ》しずつだけど、リオンはこの環境《かんきょう》になれてきた気《き》がする。まだ背中《せなか》はなでられないけど、あたしが「リオン」って呼《よ》ぶとふりむくようになったたし、えさをあげるときはケージの外《そと》に出《で》てきて、食《た》べおわったあとには、お部屋《へや》の中《なか》を散歩《さんぽ》したりするようにもなった。

〈すごいね、リオンは……〉

勇気《ゆうき》を出《だ》して、ケージから出《で》ようとしているリオンを見《み》ていると、自分《じぶん》がなさけなく思《おも》えてくる。あたしはまだ、クラスになじめないままだった。

女子《じょし》はもう、いくつかのグループができていたけど、あたしはそのどこにも入《はい》れていない。だれかに声《こえ》をかけようと思《おも》っても、あせるばかりで何《なに》もできない。

〈どうしよう……ひとりぼっちだよ……〉

そのとき、ケージから出《で》てきて、あたしのまわりをちょこちょこ歩《ある》いていたリオンが、ひざの上《うえ》にひょこっとのっかってきた。

「リオン!?」

「きゅう……きゅう……」

そっと手《て》をのばして、リオンの背中《せなか》をやさしくなでる。

生《う》まれてからすぐにママからはなされ、知《し》らない場所《ばしょ》につれていかれて、自分《じぶん》よりもはるかに大《おお》きい生《い》きものにさわられるのは、どれだけこわかっただろう。

それなのにリオンは、こうしてあたしを受《う》けいれようとしてくれてる。小《ちい》さな体《からだ》で、勇気《ゆうき》を出《だ》してがんばってる。あたしはいつのまにかなみだを流《なが》していた。

（あたしも……がんばるね……ありがとう……リオン）

翌日《よくじつ》、思《おも》いきってクラスメイトのひとりに声《こえ》をかけてみた。

「あの……いっしょにお弁当《べんとう》食《た》べてもいいかな？」

「えっ、ぜんぜんいいよ」

彼女《かのじょ》はあっけないくらい、かんたんに受《う》けいれてくれた。彼女《かのじょ》が所属《しょぞく》するグループの女《おんな》の子《こ》たちといっしょにお弁当《べんとう》を食《た》べながら、あたしは何《なに》をこわがっていたんだろうと、ふしぎな気《き》もちになった。

(同《おな》じ人間《にんげん》なのにね……こんなかんたんなこと、どうしてできなかったんだろう……)

そんなあたしに、彼女《かのじょ》はこう言《い》った。

「ひとりでお弁当《べんとう》食《た》べてるの、ずっと気《き》になってたんだけど、話《はな》しかけるなってオーラ出《で》てたから……もっと早《はや》く声《こえ》かければよかった。なんかごめんね」

それを聞《き》いて、あたしはあらためて感《かん》じていた。

あたしは、自分《じぶん》から声《こえ》をかけるのがこわくて、おびえていた。新《あたら》しい世界《せかい》に目《め》をむけようともしないで……。でもリオンは、とつぜんつれてこられた見知《みし》らぬ家《いえ》で、小《ちい》さい体《からだ》でがんばって、自分《じぶん》の世界《せかい》をどんどんひろげている。その勇気《ゆうき》があたしを変《か》えた。

(ありがとう、リオン。あたしもう、こわがらないよ)

──あれから一か月《げつ》、リオンはすっかりずうずうしくなった。

あたしがスマホで友《とも》だちとのグループメッセージを読《よ》んでいると、ひょこっとひざの上《うえ》にのってくる。そのひとみは好奇心《こうきしん》にあふれていて、**「あそんで！　あそんで！」**と言《い》っているように見《み》えた。

「しかたないなぁ、ちょっとだけだよ」

あたしはスマホをおくと、リオンをだきあげようとした。だけど、そのしゅんかん、リオンはあたしの手《て》をすりぬけると、スマホにまっしぐら。

「あっ、こらっ、それはダメだよ」

あわてて取《と》りあげると、リオンはきゅんきゅん、かなしそうに泣《な》く。あたしは笑《わら》いながら、リオンの背中《せなか》をやさしくなでた。

リオン、本当《ほんとう》にありがとう……これからも、ずっとよろしくね！

心《こころ》やさしくなるどうぶつのお話《はなし》

第《だい》9話《わ》 レオの地震体験記《じしんたいけんき》

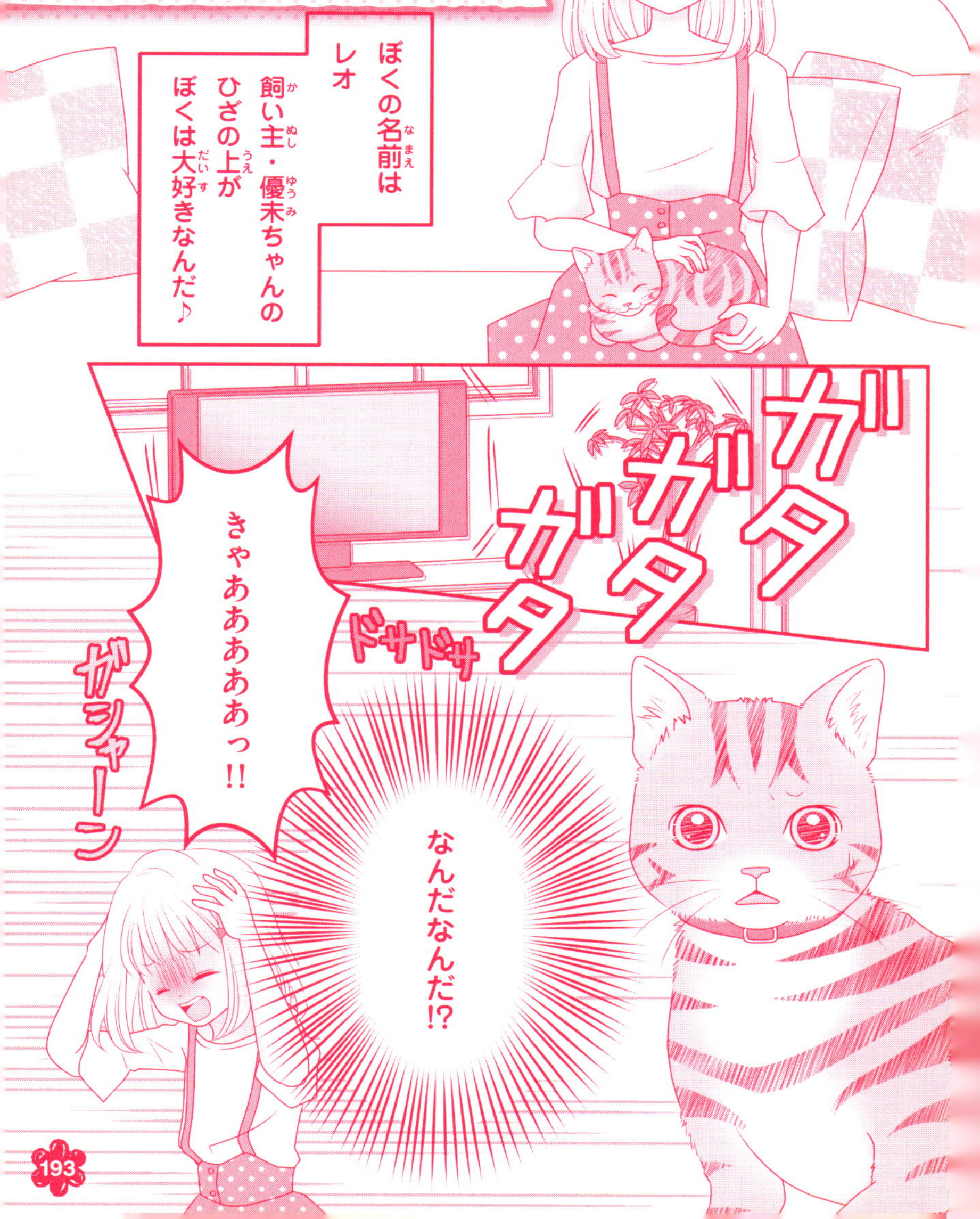

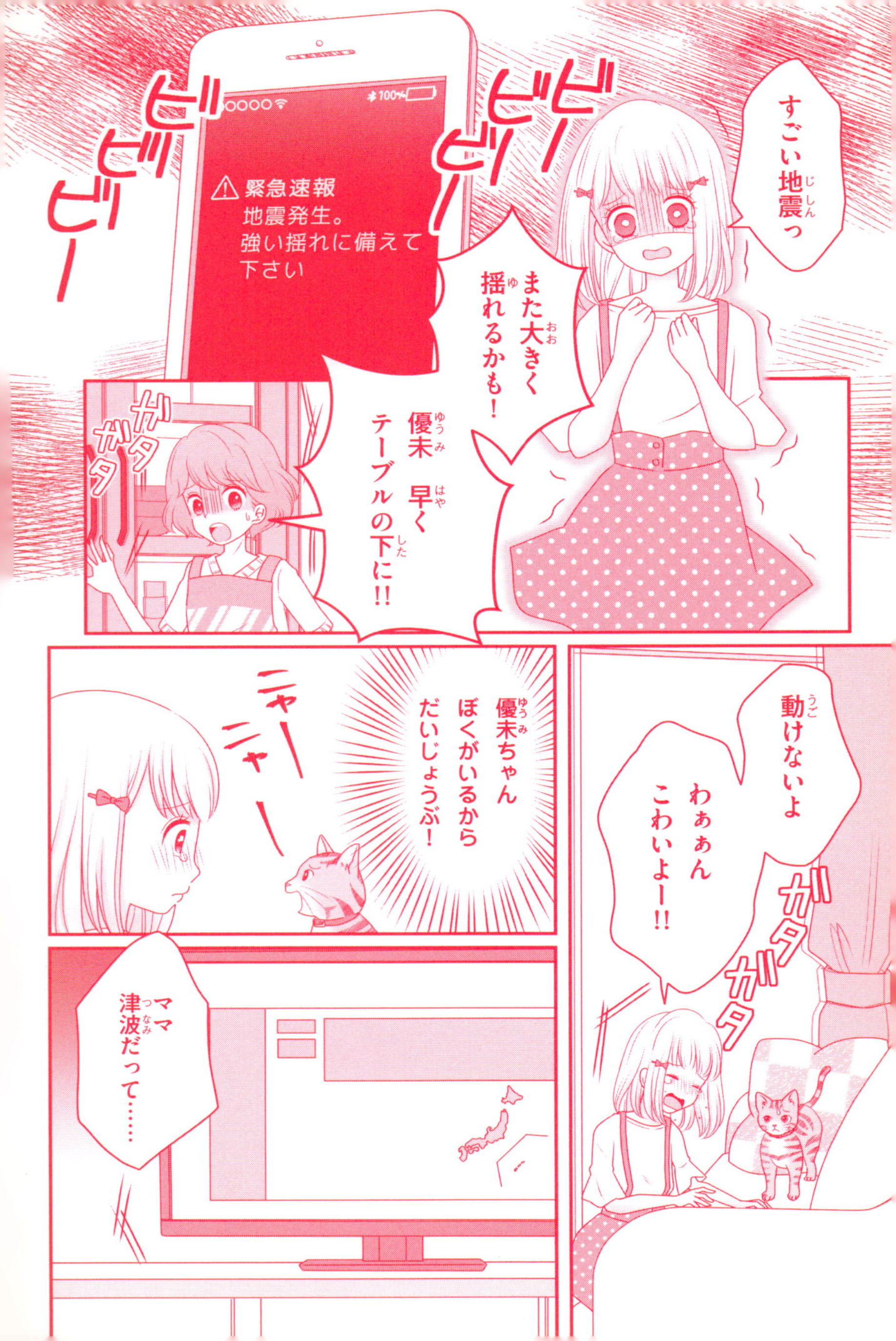

⚠緊急速報
地震発生。
強い揺れに備えて
下さい
ビービービー
ビービービー
すごい地震《じしん》っ
また大《おお》きく揺《ゆ》れるかも！
ガタガタ
優末《ゆうみ》 早《はや》くテーブルの下《した》に!!
動《うご》けないよ
わぁぁん こわいよー!!
ガタガタ
ニャーニャー
優末《ゆうみ》ちゃん ぼくがいるから だいじょうぶ！
ママ 津波《つなみ》だって……

こまったわ
パパにつながらない
優末《ゆうみ》　とりあえず
高台《たかだい》にあるジジの家《いえ》に
避難《ひなん》しましょう！
わかった
準備《じゅんび》するね
ママ　レオもつれて
行《い》くでしょ？
そうね
キャリーバッグに入《い》れて
ペットフードとシーツ
だけ持《も》って！
どこかに
行《い》くの？
ニャー
レオ
はい
これに入《はい》ってね
!!!!

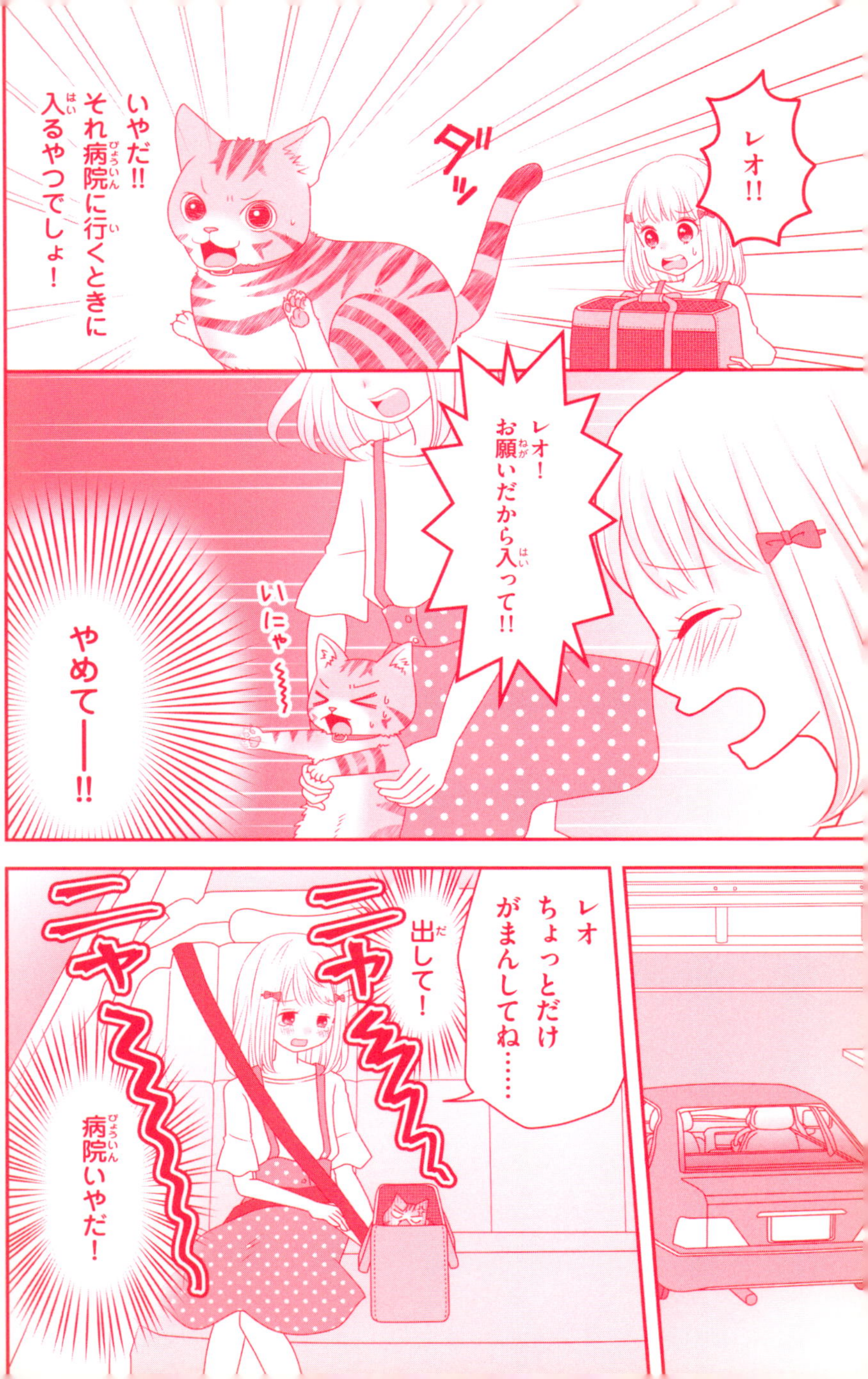
レオ!!
ダッ
いやだ!!
それ病院《びょういん》に行《い》くときに
入《はい》るやつでしょ!
レオ!
お願《ねが》いだから入《はい》って!!
いにゃ〜〜〜
やめてー!!
レオ
ちょっとだけ
がまんしてね……
出《だ》して!
ニャ〜〜〜
ニャ〜〜〜〜
病院《びょういん》いやだ!

ジジ！
家《いえ》はだいじょうぶだった？
おーい
ああ
こっちは平気《へいき》だ
早《はや》く家《いえ》に入《はい》れ
優未《ゆうみ》
こわかっただろう〜
ん？
なんだそりゃ猫《ねこ》か!?
こんなときにそんなの外《そと》にはなしておけ！
わしは猫《ねこ》が大《だい》きらいなんだ！
そんなのって…
レオだってだいじな家族《かぞく》なの！
そんな言《い》いかたないでしょう!!
あれ？
病院《びょういん》じゃないの？
なんでけんかしてるの？
その猫《ねこ》
車《くるま》から出《だ》すんじゃないぞ！

レオ出《で》ておいで ごはんだよ
もう出《で》て いいの？
こんなせまい場所《ばしょ》に とじこめてごめんね
ふぅ～
ねぇ優未《ゆうみ》ちゃん 早《はや》くおうちに 帰《かえ》ろうよ
のび――っっ
ポロポロポロポロポロ
……優未《ゆうみ》ちゃん？
レオ……
わたしたち 何《なに》があっても いっしょだからね……

二日後《ふつかご》——
ん〜〜〜
のび——
やっぱりおうちがいちばんだにゃ〜♥
そんなのあたりまえだろ!

国《くに》も災害時《さいがいじ》の
ペットとの同行避難《どうこうひなん》を
推奨《すいしょう》している
そうよね……
まわりの人《ひと》にめいわくかけずに
レオといっしょに避難《ひなん》するには
いろいろと準備《じゅんび》が必要《ひつよう》だな
備えよう！
いつもいっしょにいたいから
ペット動物の
災害対策
環境省
あれっ？
ぼくの話《はなし》？
……
どうしたのみんな？
もしかしてぼくを
捨《す》てる相談《そうだん》してるの？
レオ
おいで

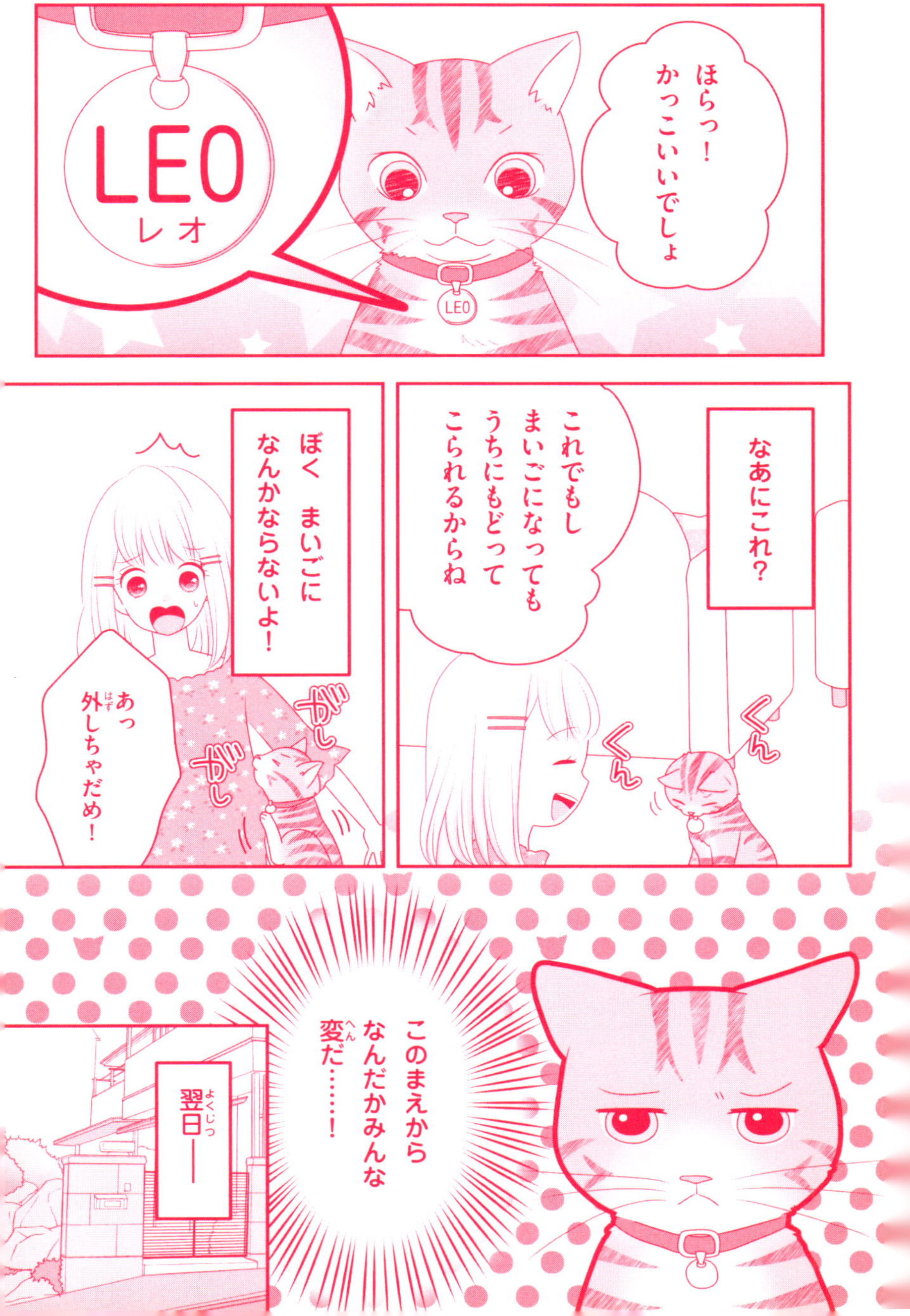
ほらっ！
かっこいいでしょ
LEO
レオ
なあにこれ？
これでもしまいごになってもうちにもどってこられるからね
くん
くん
ぼく　まいごになんかならないよ！
がし
がし
あっ
外《はず》しちゃだめ！
このまえからなんだかみんな変《へん》だ……！
翌日《よくじつ》――

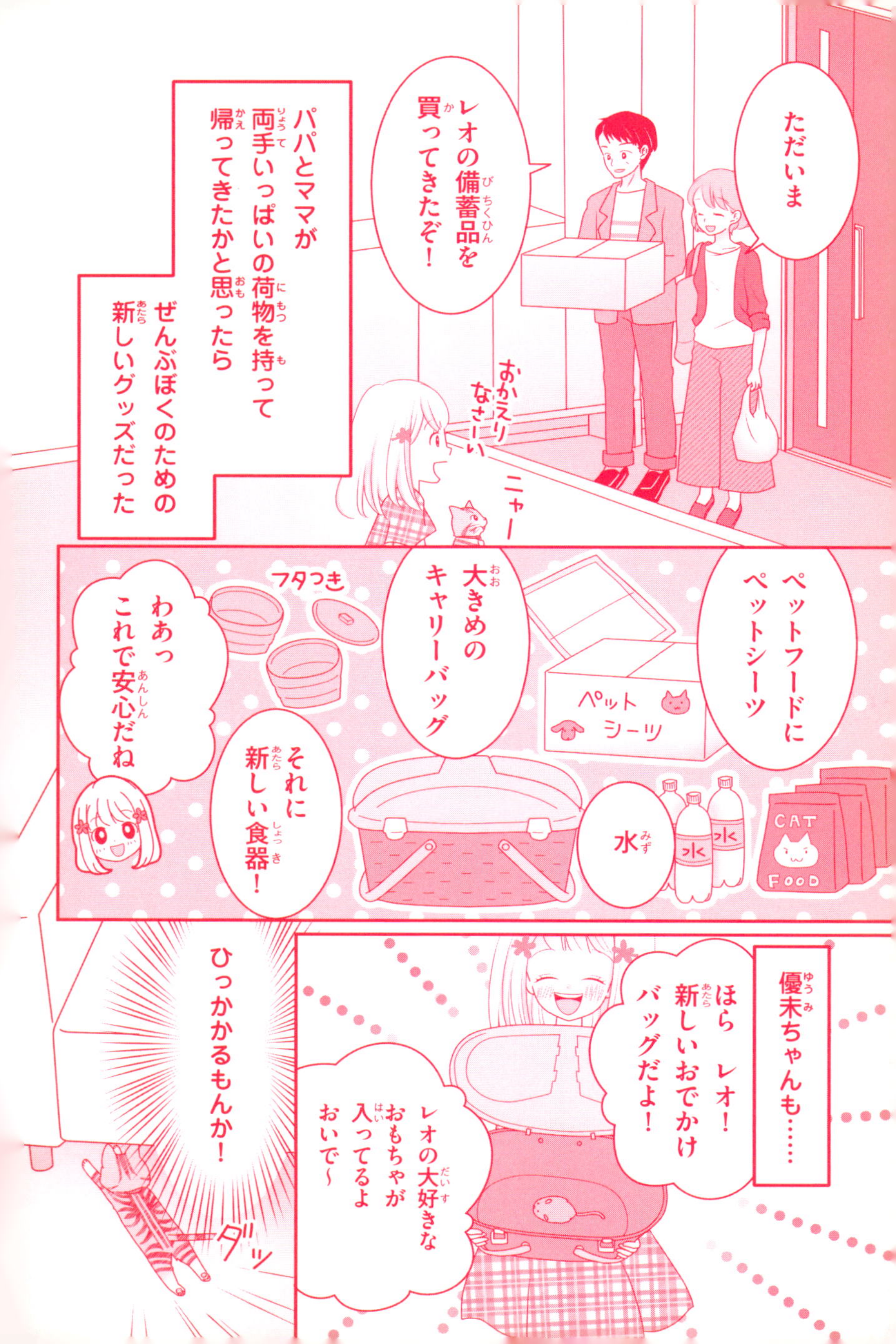

ただいま
レオの備蓄品《びちくひん》を買《か》ってきたぞ!
おかえりなさーい
ニャー
パパとママが両手《りょうて》いっぱいの荷物《にもつ》を持《も》って帰《かえ》ってきたかと思《おも》ったら
ぜんぶぼくのための新《あたら》しいグッズだった
ペットフードにペットシーツ
ペット シーツ
大《おお》きめのキャリーバッグ
フタつき
CAT FOOD
水
水
水《みず》
それに新《あたら》しい食器《しょっき》!
わあっ これで安心《あんしん》だね
優未《ゆうみ》ちゃんも……
ほら レオ! 新《あたら》しいおでかけバッグだよ!
レオの大好《だいす》きなおもちゃが入《はい》ってるよ おいで〜
ひっかかるもんか!
ダッ

ぼくをそれに入《い》れて
だれかにあげるんだろ!
ひどいよ 優末《ゆうみ》ちゃんの
バカ!!
パパ
レオが入《はい》りたがら
ないよ……
買《か》ってきた
ばかりだからな
でもいざというとき
すぐに家《いえ》から
避難《ひなん》できるように
根気強《こんきづよ》く訓練《くんれん》するんだ
わかった
それからなん日《にち》も
ぼくの〝訓練《くんれん》〟が
続《つづ》けられた——
ほら
レオおいで~
おもちゃで
あそぼうよ
おやつも
あるよ!
カニカマ
にげっ
レオ~

キャリーバッグに入《はい》る訓練《くんれん》の他《ほか》にトイレシートの訓練《くんれん》
レオ ここでおしっこしてごらん!
いやにゃあああ
みんな順番《じゅんばん》にレオをだいてみて!
ニャ〜〜〜(やめて〜)
かわいい!
もふもふ♡
交代《こうたい》して!
さらに人《ひと》になれるための訓練《くんれん》——
優末《ゆうみ》ちゃん……
やっぱりぼくをだれかにあげる
つもりなのかな……
ほらレオ 入《はい》って入《はい》って
そんなにぼくとはなれたいんだ……
レオー
レオ おいで〜
LEO
……わかったよ 優末《ゆうみ》ちゃん
スッ

そんなに言《い》うなら
ぼくをだれかのところに
つれていけばいいよ……
パパ ママ 入《はい》ったよ!
レオがバッグに入《はい》った!!
やったぁ
レオ えらいぞ!
ガタガタガタ
ビービービー
緊急速報
地震発生。
強い揺れに備えて
下さい
また地震《じしん》だ!

きたっ！
優末《ゆうみ》っ！
サッ
うんっ
レオおいで！
えっ
優末《ゆうみ》ちゃんあんなに
こわがってたのに
だいじょうぶなの？
レオはわたしがまもるっ！
だいじょうぶだからね！

そっか……
優未《ゆうみ》ちゃんは
ぼくといっしょにいたいから
がんばってくれてたんだ
はなれたかったんじゃない
たっ
みんなで……ぼくのことをまもろうとしてくれていたんだ！
ニャーッ
ありがとう!!
LEO

レオ！
何《なに》があっても家族《かぞく》みんないっしょだよ！

第《だい》10話《わ》

テラス席《せき》のツバメ

あたしの家《いえ》は、カフェをやっている。庭《にわ》にはテラス席《せき》があって、そこでママがいれたコーヒーと、おじいちゃんが作《つく》ったパンがおいしいって、お客《きゃく》さんに大人気《だいにんき》。

でも、ある日《ひ》学校《がっこう》から帰《かえ》ってきたら、そのテラス席《せき》でママとおじいちゃんが顔《かお》をつきあわせて話《はな》しこんでいた。

「そんなに長《なが》くはないんだから、しばらくそっとしておいてやったらどうだ」

「お父《とう》さん、そうは言《い》っても、お客《きゃく》さんにめいわくが……」

ふたりとも、ちょっとこまったような顔《かお》をしている。あたしが帰《かえ》ってきたことにも気《き》づかない……いったい、どうしたんだろ？

「ママ、おじいちゃん、ただいま。どうしたの？」

「あら愛梨《あいり》、おかえり。……あのね、お客《きゃく》さんがテラス席《せき》でコーヒーを飲《の》んでいたら、上《うえ》から何《なに》かが落《お》ちてきてカップに入《はい》ったって言《い》うのよ。で、上《うえ》を見《み》てみたら、ほら」

ママがそう言《い》いながら目線《めせん》を上《うえ》にやると、テラス席《せき》の屋根《やね》のひさしに鳥《とり》の巣《す》のようなものができかけていた。

「何《なに》あれ？」

「ツバメの巣《す》だよ。南《みなみ》の国《くに》から越冬《えっとう》してきたツバメたちが今《いま》、巣作《すづく》りしてるんだ。あの巣《す》はどろとかれ草《くさ》でできているんだけど、それがちょっぴり落《お》ちたんだな」

「そのうちフンでも落《お》とされるようになったら、たいへん。うちは食《た》べものを出《だ》してるお店《みせ》でしょ？　だから、かわいそうだけど巣《す》をこわそうかって……」

ママがそう言《い》うと、おじいちゃんがおこったように言《い》った。

「バカを言《い》うな。ツバメは人《ひと》の出入《でい》りがあるところに巣《す》を作《つく》るから、ツバメの巣《す》は昔《むかし》から“商売繁盛《しょうばいはんじょう》の縁起《えんぎ》もの”と言《い》われているんだ。大切《たいせつ》にせんと！　なあ、愛梨《あいり》」

「うん！　あたしもそう思《おも》う！　はじめて見《み》るから、ちょっときょうみあるし！　ねえママ、あたしとおじいちゃんでめんどうみるから、いいでしょ？」

「愛梨《あいり》まで……」

ママは「しかたないわねえ」ってつぶやいて、しぶしぶお店《みせ》の中《なか》にもどっていった。

「で、どうすればいいの？　おじいちゃん」

「まず巣《す》の下《した》のテーブルとイスをどかそう。お客《きゃく》さんにめいわくがかからんようにな。ツバメは、かまいすぎたらダメなんだ。そっと見《み》まもってあげられるようにしよう」

こうして、あたしとおじいちゃんのツバメ育《そだ》てがはじまった――。

あたしは時間《じかん》があるときは、テラス席《せき》のはじっこにすわって、勉強《べんきょう》しながらツバメたちを観察《かんさつ》するようにした。テラス席《せき》に来《き》たお客《きゃく》さんには、**「ツバメの巣《す》があるんです」**って声《こえ》をかけて、そっと見《み》まもるようにお願《ねが》いしている。

観察《かんさつ》していると、ツバメはオスとメスが協力《きょうりょく》しながら巣《す》を作《つく》っているのがわかった。どろやかれ草《くさ》を集《あつ》めてきては、自分《じぶん》のつばをまぜて、かためながら巣《す》を作《つく》る。巣《す》を見《み》つけてから数日後《すうじつご》には、りっぱなおわん型《がた》の巣《す》ができあがった。

「おぉ、ようやく巣《す》ができたようだな」

おじいちゃんがお仕事《しごと》の休《きゅう》けい時間《じかん》のとき、あたしの席《せき》にやってきて言《い》った。

「ね、おじいちゃん、ツバメってどれぐらい、うちにいてくれるのかな？」

「そうだな……卵《たまご》を産《う》んだら、だいたい二週間《しゅうかん》でふ化《か》してヒナになる。それからまた三週間《しゅうかん》ぐらい親鳥《おやどり》からえさをもらいながら巣《す》の中《なか》で育《そだ》つから、一か月《げつ》ちょっとぐらいだな。でもヒナは巣立《すだ》ちをしてからも、自分《じぶん》でえさがとれるようになるまで、もう一週間《しゅうかん》ぐらいは巣《す》に帰《かえ》ってきたりするから、まぁ、うちにいるのは一か月半《げつはん》ぐらいってとこか」

「へぇ。じゃあ、しばらく楽《たの》しめるね！」

「ははは。そうだ愛梨《あいり》、巣《す》の下《した》にだんボールでもしいておいたほうがいいぞ。すぐにフンを落《お》とすようになるし、巣《す》からヒナが落《お》ちることもあるからな」

「うん、わかった」

それからしばらくすると、一羽《わ》のツバメが巣《す》の中《なか》に、ちょこんとすわるすがたが見《み》られるようになった。たまに、もう一羽《わ》のツバメとその仕事《しごと》を交代《こうたい》したりしている。

ツバメの子育《こそだ》ては夫婦《ふうふ》の共同作業《きょうどうさぎょう》だっていうから、パパとママでえさをとりながら、かわりばんこで卵《たまご》をあたためているんだね。

その様子《ようす》を見《み》ていると、なんだか心《こころ》がほっこりとして、自然《しぜん》に顔《かお》が笑《わら》ってしまう。

（チュピチュピッて鳴《な》きながら、夫婦《ふうふ》でお話《はな》しするのね。なかよしだなあ……うふふ）

「あら愛梨《あいり》ちゃん、何《なに》を笑《わら》っているの？」

そのとき、あたしに話《はな》しかけてきたのは、うちのお店《みせ》の常連《じょうれん》のお客《きゃく》さんだった。

「あ、寿美恵《すみえ》おばさん。いらっしゃいませ！」

「テラス席《せき》のあんなところにだんボールとクッションなんかおいて、どうしたの？」

「屋根《やね》のあそこで今《いま》、ツバメが子育《こそだ》てしてるんです。それを見《み》てたらほほえましくて、つい顔《かお》が……あはは」

「あら、ツバメの巣《す》？　すてきじゃない。昔《むかし》は、春《はる》になると、このあたりにもいっぱいとんできたんだけど、空《あ》き地《ち》がマンションになったり、巣作《すづく》りしやすい軒先《のきさき》のある古《ふる》い家《いえ》がなくなったりして、さいきんはすっかり見《み》かけなくなったものね」

「え、そうだったんですか？」

「そうよ。巣《す》になるどろや、えさになる虫《むし》がへっちゃったからかな……。あ、そうそう、カラスに気《き》をつけなさいよ。ほーら、もうあそこでねらってる」

寿美恵《すみえ》おばさんがにらみつけながら小《ちい》さく指《ゆび》さしたほうを見《み》ると、店《みせ》のまえの電線《でんせん》にカラスがなん羽《ば》かとまって、じっとこちらを見《み》ていた。

「あっ、ホントだっ！」

「カラスはツバメの巣《す》を見《み》つけると、ピューッてとんできて、くちばしで巣《す》を落《お》として、

卵《たまご》やヒナを食《た》べちゃうことがあるの。ツバメが人間《にんげん》のそばで巣《す》を作《つく》るのは、人間《にんげん》がカラスよけになるからっていう人《ひと》もいるのよ」

「うちのテラスに巣《す》を作《つく》ったのは、そういうわけだったのね……」

「でも、カラスも頭《あたま》がいいからね。スキを見《み》てねらってくるから気《き》をつけるのよ」

「えっ!?　ずっとは見《み》ていられないし……。どうしたらいいですか？」

「カラスが入《はい》ってこられないようにするのよ。このテラスの屋根《やね》のひさしのまわりに、ビニールひもをぐるってはっておくの。つり糸《いと》でもネットでもいいわ。ツバメは出入《ではい》りできても、カラスは入《はい》ってこられないようにね」

「なるほど！　あたし、すぐに作《つく》ります！」

「私《わたし》もまた見《み》にきてあげる。愛梨《あいり》ちゃん、がんばってね」

「寿美恵《すみえ》おばさん、ありがとう！」

あたしは寿美恵《すみえ》おばさんが帰《かえ》ると、さっそくイスを脚立《きゃたつ》がわりにして、屋根《やね》のひさしにビニールひもをはった。ぐるりと三重《じゅう》にまいたから、もうカラスは入《はい》ってこられない。数日《すうじつ》もすると、お店《みせ》のまえの電線《でんせん》からカラスがいなくなったから、このビニールひも作戦《さくせん》は大成功《だいせいこう》だった。

それにしても、お店《みせ》のお客《きゃく》さんたちはみんなやさしかった。ツバメの子育《こそだ》てが気《き》になるのか、お店《みせ》に来《き》てくれるお客《きゃく》さんもふえたみたい。やっぱり、**〝ツバメの巣《す》は商売繁盛《しょうばいはんじょう》の縁起《えんぎ》もの〟**っていう話《はなし》も本当《ほんとう》なのかな？　なんて思《おも》った。

――それから、また数日《すうじつ》たつと、ピィピィと巣《す》の中《なか》からかわいらしくも、さわがしい声《こえ》が聞《き》こえはじめた。

「お、ヒナがかえったな。ひい、ふう、みい……ははは。五羽《わ》もいるぞ」

おじいちゃんも、うれしそうだった。

二羽《わ》の親《おや》ツバメは、とんだり入《はい》ったり、せわしなく外《そと》と巣《す》を行《い》き来《き》している。

「ねえ、おじいちゃん。あれ、ヒナにえさをあげてるんでしょ。出《で》たり入《はい》ったり、すっごくいそがしそうだね」

「そうだ。ヒナが五羽《わ》いる巣《す》を観《かん》察《さつ》したところ、親《おや》ツバメが一日《にち》になん百回《びゃっかい》もヒナにえさをあげたという記録《きろく》があったぐらいだからな」

「ヒナに何《なに》を食《た》べさせてあげてるんだろ？」

「ハチ、ハエ、カメムシ、アブ……そのへんにとんでいる虫《むし》だよ。

雨《あめ》がふるまえには、空気中《くうきちゅう》の湿気《しっけ》で虫《むし》は高《たか》くとべなくなるんだ。だから〝ツバメが低《ひく》くとんでいるときは雨《あめ》がふる〟なんて言《い》ったもんだ」

「へえ〜。おじいちゃんって物知《ものし》りだね！」

「ツバメは田《た》んぼや畑《はたけ》をあらす害虫《がいちゅう》をとってくれるありがたい鳥《とり》でな、そのかわり人間《にんげん》はツバメの巣《す》をまもってやる。そうやって、ずっといっしょに生《い》きてきた鳥《とり》なんだ」

おじいちゃんがヒナを見《み》つめながら、目《め》を細《ほそ》めて言《い》った。

「愛梨《あいり》、覚悟《かくご》しとけよ。ヒナがもうちょっと大《おお》きくなると〝**えさくれ、えさくれ**〟ってジャージャー鳴《な》いて、うるさくなるからな。ははは」

「ねえ、おじいちゃん。テラス席《せき》……このままでだいじょうぶかな？」

「そうだな。だいじな子育《こそだ》ての時期《じき》だし、このテラス席《せき》は巣立《すだ》ちまでのあいだだけ、しばらくしめようか。お客《きゃく》さんも気《き》になって落《お》ちつけないだろうしな。愛梨《あいり》、おことわりのはり紙《がみ》でも作《つく》ってくれ」

「うん、わかった！」

あたしは、かわいいツバメのヒナたちのイラストをそえて、さっそくテラス席《せき》の入《い》り口《ぐち》のドアにはり紙《がみ》を書《か》いてはった。

『ツバメ子育《こそだ》て中《ちゅう》！　テラス席《せき》は巣立《すだ》ちの日《ひ》まで少々《しょうしょう》おまちください！』

お客《きゃく》さんたちは、ガラスごしにツバメたちの様子《ようす》を見《み》てくれて、さいわいテラス席《せき》をしめてもクレームはなかった。常連客《じょうれんきゃく》の寿美恵《すみえ》おばさんも、**「しばらくはそれがいいわね」**って言《い》ってくれた。

テラス席《せき》はしめて、やっぱり正解《せいかい》だった。巣《す》から落《お》ちるフンがとびちって、だんボールをしいても下《した》はすごいことになっていたし、ヒナたちの〝ジャージャー鳴《な》き〟の大合唱《だいがっしょう》もすごかった。

でも、三週間《しゅうかん》ぐらいでそれも終《お》わった。ヒナ鳥《どり》たちの、巣立《すだ》ちの日《ひ》がやってきたのだ。

ある日《ひ》、一羽《わ》のヒナが巣《す》からとびたつと、その他《ほか》のヒナたちも、つぎつぎに巣《す》からとびたった。その様子《ようす》を見《み》ていたおじいちゃんが、感心《かんしん》したようにこう言《い》った。

「うーん、たいしたもんだ。ツバメの巣立《すだ》ち率《りつ》は半分《はんぶん》ぐらいだって言《い》われててな、なん羽《わ》かは大《おお》きくなれなかったり、とちゅうで死《し》んじゃったりするんだ。だけど、愛梨《あいり》のおかげで五羽《わ》のヒナが、ぜーんぶ巣立《すだ》ちできたぞ」

おじいちゃんに頭《あたま》をごしごしとなでられたあたしは、とってもほこらしい気分《きぶん》だった。

でも、そのときだった。一羽《わ》のヒナだけがうまくとべず、失敗《しっぱい》したように地面《じめん》におりたってしまったのだ。

「あっ!!」

「ダメだ、愛梨《あいり》!」

あたしが思《おも》わず近《ちか》よろうとすると、おじいちゃんが止《と》めた。

「手《て》をさしのべたくなっても、がまんだ。親鳥《おやどり》が近《ちか》くで見《み》ているからな」

おじいちゃんが言《い》ったとおり、だまってその様子《ようす》を見《み》ていると、やがて親鳥《おやどり》がヒナに

寄《よ》りそうようにおりてきて、チュピチュピとささやきながら何《なに》かを教《おし》えはじめた。

ヒナ鳥《どり》はうまくとべずに、しばらく羽《はね》をジタバタさせていたけど、やがてふわりと空《そら》に舞《ま》いあがって、ようやく他《ほか》の鳥《とり》たちといっしょに電線《でんせん》にとまった。

「ああ、よかった……」

「なっ。あそこで手《て》を出《だ》していたら、親鳥《おやどり》がヒナを見《み》はなしていたかもしれないんだ。ピンチのときでも、そっと見《み》まもってあげることが、野鳥《やちょう》の子育《こそだ》てのコツなんだぞ」

「うん、わかった……」

それからヒナ鳥《どり》たちは、親鳥《おやどり》にえさのとりかたや、とびかたを学《まな》んで、やがてそれぞれが一羽《わ》のりっぱなツバメに育《そだ》っていった。

そして、巣立《すだ》ちから一週間《しゅうかん》ぐらいで、ヒナたちはもう巣《す》にもどらなくなった。

チュピチュピチュルルルル　チュピチュピチュルルルル♪

大《おお》きくなったツバメたちは、そう鳴《な》いて、空《そら》の上《うえ》をくるくるとびまわった。

「ほら、愛梨《あいり》に〝ありがとう〟って言《い》ってるぞ」

「うん。みんな、元気《げんき》でね～!!」

あたしが空《そら》にむかって手《て》をふると、やがてツバメたちが見《み》えなくなった。

「……ねえ、おじいちゃん、あのツバメたち、どこに行《い》くのかな」

「ツバメは夏鳥《なつどり》だからな。またなん万《まん》キロも旅《たび》をしながら、南《みなみ》の国《くに》にとんでいくんだよ。来年《らいねん》の春《はる》になったら、また帰《かえ》ってくるかもな。だから巣《す》は、そのままにしておこうな」

「うん!」

――テラス席《せき》の屋根《やね》のひさしにのこったツバメたちの巣《す》を見《み》るたびに、あたしはみんなの無事《ぶじ》を思《おも》い、また帰《かえ》ってきてほしいと願《ねが》うのだった。

心《こころ》やさしくなる どうぶつのお話《はなし》
第《だい》1話《わ》 ～後編《こうへん》～
ヨウとわたしの パピーウォーカー日記《にっき》
どうしたのママ……？
ヨウの終了式《しゅうりょうしき》の日《ひ》が決《き》まったわ
え……
来月《らいげつ》第《だい》一週《しゅう》の月曜日《げつようび》よ みんなで行《い》こうね
あと一か月《げつ》か……
終了式《しゅうりょうしき》なんて…… ヨウとお別《わか》れなの？
もう さよならなの？
はじめからヨウが一歳《さい》になるまでっていう約束《やくそく》で
あなたにもわかっていたことでしょう
でも でも……

巣立《すだ》ちの日《ひ》が来《き》たのよ
わかってね
ヨウはこれからが本格的《ほんかくてき》な訓練《くんれん》なんだ
みんなで応《おう》えんしてあげようじゃないか
……そんなの
ヤだよう
ばっ
海香《うみか》!
バタッ
しかたないさ……
ドッグランパーク
ここならリードを外《はず》してあげられるからね
いっぱいあそぼ

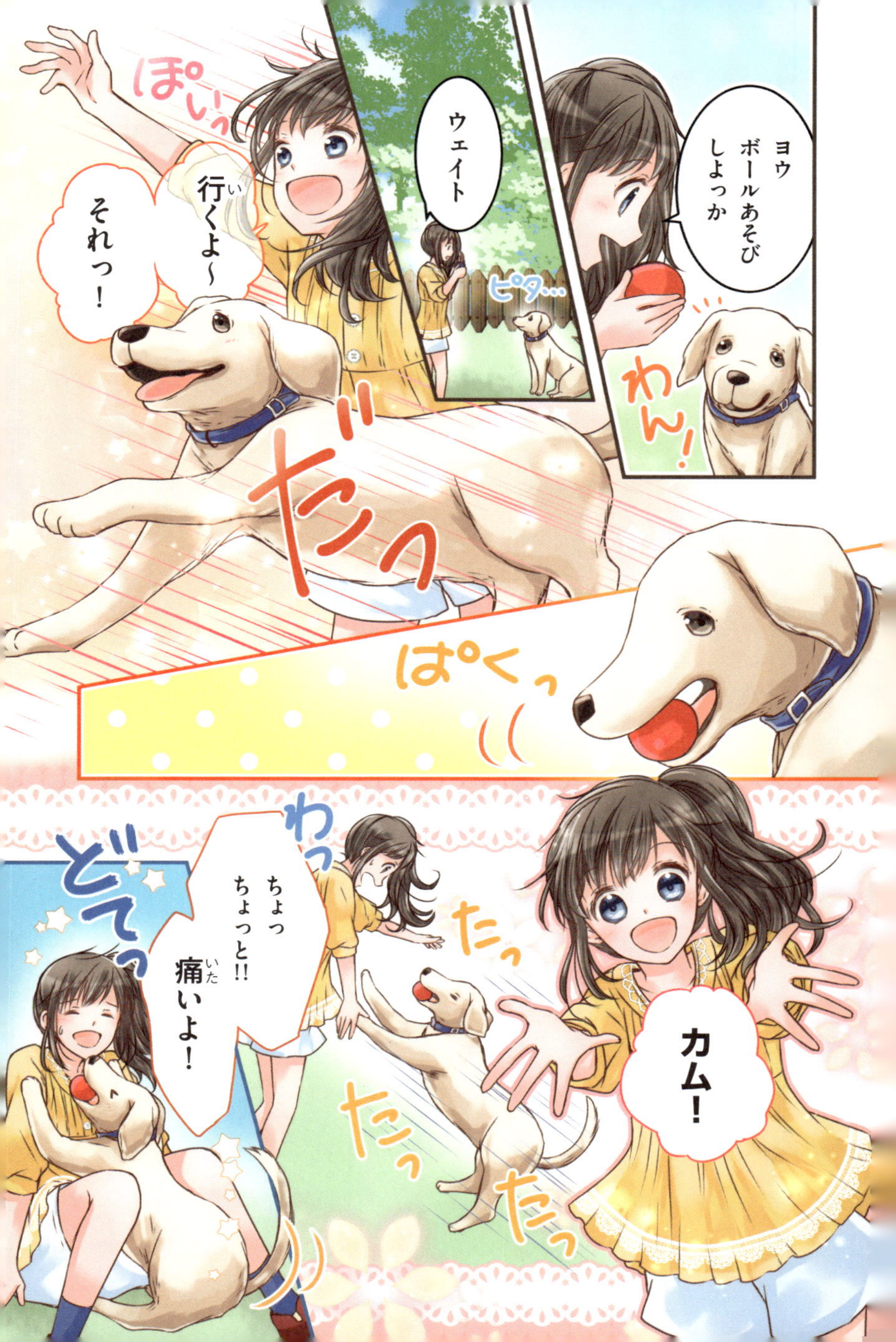

ヨウ
ボールあそび
しようっか
わん！
ウェイト
ピタ…
行《い》くよ～
それっ！
ぽいっ
ダッ
ぱくっ
カム！
たっ
たっ
たっ
わっ
どてっ
ちょっ
ちょっと!!
痛《いた》いよ！

ぎゅっ
くぅん…
やったなあっ！
あははっ
ふっ
うっううわ
わああん
わあぁあぁん
ずっと
いっしょに
いたいよ……

海香《うみか》 いつまで そうしているの? そろそろ寝《ね》なさい
ママ…… ヨウは 盲導犬《もうどうけん》に なれるの かな……
……うん どうかな……
なれると いいな……
でもね 盲導犬《もうどうけん》になるか ならないかは ヨウしだいなの
どんなにかしこい犬《いぬ》でも 人《ひと》との生活《せいかつ》が苦手《にがて》な犬《いぬ》は 盲導犬《もうどうけん》にはなれない
訓練士《くんれんし》さんが それを見《み》さだめて くれるの
……
でも海香《うみか》のおかげで 人《ひと》とくらすことが とっても楽《たの》しいことだって ヨウにわかってもらえたと 思《おも》うよ
きっとヨウは どこに行《い》っても だれとでも楽《たの》しく 生《い》きていける

海香《うみか》
一年間《ねんかん》ありがとうね
ごくろうさまでした
うわああああんっ
盲導犬訓練《もうどうけんくんれん》センター
終了式《しゅうりょうしき》の日《ひ》

みんな笑顔《えがお》でヨウを送《おく》りだしてやろうな
う……うん
あたしも笑顔《えがお》でがんばる
山内家《やまうちけ》のご家族《かぞく》のみなさまそして海香《うみか》さん
ここまでヨウを育《そだ》てていただいて本当《ほんとう》にありがとうございました
あの……これからヨウはどんな訓練《くんれん》をするんですか？
人間《にんげん》との信頼関係《しんらいかんけい》をきずく訓練《くんれん》町《まち》で目《め》の不自由《ふじゆう》な人《ひと》を安全《あんぜん》に誘導《ゆうどう》する訓練《くんれん》
道路《どうろ》での交通訓練《こうつうくんれん》や駅《えき》やエスカレーターでの訓練《くんれん》盲導犬《もうどうけん》を目《め》ざす訓練《くんれん》はまだまだいっぱいあるんだ
くぅ…
ぎゅ…
ヨウ……だいじょうぶだからね
じゃあ海香《うみか》さん……

カチャ
ヨウ……かっこいい……
うんうん……
それでは
くるっ
あっ……
ちらっ
ばっ
ヨウ！またね！
行《い》ってらっしゃい!!

こうして
行《い》っちゃった……
わたしたち家族《かぞく》と
ヨウの一年《ねん》は
終《お》わりました……
数日後《すうじつご》――
行《い》ってきまーす！
車《くるま》に
気《き》をつけてね！
はあい！
ガチャ
ヨウ
元気《げんき》でやってるかな……

もしもし 信号《しんごう》が青《あお》になりましたよ
ああ どうも ありがとう
わたしも いっしょに 横道《おうだん》歩《ほ》道《どう》を わたります
すいません
ちらっ
助《たす》かりました
どういたしまして 気《き》をつけて 行《い》ってくださいね！
にこっ

ペこっ
おじょうさん
本当《ほんとう》にありがとう
ヨウ!
キミもいつか
どこかでね!!

わたしも行《い》ったことのない
新《あたら》しい世界《せかい》へ行《い》くんだね

でもそこは、キミにとって
きっと、すばらしいところ

あまえんぼうで、さびしがりやで
ちょっとおこりんぼうだったけど

キミといっしょに
過《す》ごせた時間《じかん》は
いつまでも、
いつまでも
かがやいているよ

本《ほん》!!

もっとたくさんのどうぶつのお話《はなし》を読《よ》みたいみんなのために、とっておきの３冊《さつ》をご紹介《しょうかい》するよ。

『ぼくらと犬《いぬ》の小《ちい》さな物語《ものがたり》 空《そら》、深雪《みゆき》、杏《あん》、柊《しゅう》とワンコのおはなし』

著《ちょ》 山口《やまぐち》花《はな》

定価《ていか》920円《えん》+税《ぜい》／
ISBN 978-4-05-204206-5

ある日《ひ》、４人《にん》の子《こ》どもたちが神社《じんじゃ》で見《み》つけた４匹《ひき》の子犬《こいぬ》。それぞれが１匹《ぴき》ずつ引《ひ》きとり、大切《たいせつ》に育《そだ》てていく。そして時《とき》は流《なが》れ、全員《ぜんいん》が中学生《ちゅうがくせい》となったある日《ひ》、事件《じけん》が起《お》きて……。かけがえのない犬《いぬ》たちの存在《そんざい》が、少《すこ》しはなれかけた友《とも》だちのきずなを再《ふたた》びつないでくれる、一度《いちど》読《よ》んだらわすれられないストーリー。

『心《こころ》あたたまる どうぶつのお話《はなし》』

著《ちょ》 岡崎《おかざき》いずみ

定価《ていか》880円《えん》+税《ぜい》／
ISBN 978-4-05-204430-4

からだに障《しょう》がいを負《お》いながらも、けんめいに生《い》きる犬《いぬ》と女《おんな》の子《こ》のすがたをえがいた『サマーがいた日々《ひび》』。とつぜん、おばあちゃんのまえにあらわれたのら猫《ねこ》が、家族《かぞく》の心《こころ》をいやす『ずっとミルクにあいたくて』他《ほか》、読《よ》むだけで心《こころ》がぽかぽかする、すてきなマンガや小説《しょうせつ》がたくさんのっているよ。

心《こころ》やさしくなる どうぶつのお話《はなし》

チームDBT　編

2017年8月1日　第１刷発行

漫画	おうせめい、ミニカ、森野眠子、坂巻あきむ、津久井直美、ももいろななえ
漫画原作	岡崎いずみ、春日走太、チームDBT
文	岡崎いずみ、チームDBT
表紙イラスト	佐々木メエ
本文イラスト	たはらひとえ、佐々木メエ、オチアイトモミ、青空瑞希
表紙・本文デザイン	根本綾子
カバーおまもり、本文心理テスト監修	阿雅佐
編集協力	林佐絵、有限会社ＥＸＩＴ、上埜真紀子
写真協力	iStockphoto、徳永徹、山田裕之
ＤＴＰ	株式会社アド・クレール
引用文献	『いつでもキミのそばに……』『ぜったいに、わすれない。』『ぜ〜んぶあたる!! おしゃれ心理テスト』（以上すべて学研）

発行人	川田夏子
編集人	小方桂子
企画編集	石尾圭一郎
発行所	株式会社　学研プラス 〒141-8415　東京都品川区西五反田2-11-8
印刷所	大日本印刷株式会社

●この本に関する各種お問い合わせ先
【電話の場合】
編集内容については　Tel 03-6431-1615（編集部直通）
在庫、不良品（落丁、乱丁）については　Tel 03-6431-1197（販売部直通）
【文書の場合】
〒141-8418　東京都品川区西五反田2 - 11 - 8
学研お客様センター『心やさしくなるどうぶつのお話』係
●この本以外の学研商品に関するお問い合わせは下記まで
Tel 03-6431-1002（学研お客様センター）

【お客様の個人情報取り扱いについて】

本アンケートの個人情報に関するお問い合わせは、幼児・児童事業部（Tel.03-6431-1615）までお願いいたします。当社の個人情報保護については当社ホームページhttp://gakken-plus.co.jp/privacypolicy/をご覧ください、

学研グループの書籍・雑誌についての新刊情報・詳細情報は、下記をご覧ください。
学研出版サイト　http://hon.gakken.jp/